오늘 학교 어땠어?

| 일러두기 |

이 책은 저자의 트윗 내용을 바탕으로 새롭게 쓴 것입니다. 글맛을 살리기 위해 때로 맞춤법에 맞지 않는 표현을 그대로 두기도 했음을 밝힙니다.

초등샘Z 에세이

"오늘 학교 어땠어?"

한때 어린이였던 우리 모두를 위한
초등 1학년의 반짝반짝 학교 적응기

차ㄴㅁ

내 인생의 모든 꼬꼬마들에게

———————————————————

작가의 말

아이들을 가르친다는 것은 참으로 지난한 시간을 견뎌내며 동시에 놀랄 만큼 아름답고 반짝이는 순간을 목격하는 일입니다. 얼레벌레 서툰 의욕과 마음가짐으로 학교에 발을 들인 후, 아이들 한명 한명의 마음을 가만히 들여다볼 수 있게 되기까지 20여 년의 시간이 필요했던 것 같네요.

아이들을 이해하고 사랑하는 마음보다 팍팍한 교육 현실 속, 교사로서의 자아가 더 빠르게 소진되고 있다는 걸 자각했던 순간, 아이들과의 일상을 기록하기 시작했습니다. 남들에게 보여주고자 쓴 것이 아니었기에 특별히 잘 쓰려고 하지 않았고, 그냥 소소한 일상의 에피소드를 짤막하게 기록하는 것이 전부였는데, 어느 순간 이 짧은 글이 위로가 된다는 분들이 하나둘씩 생겼습니다. 오롯이 저를 위한 기록이었는데 말이죠.

교사로 살다 보면, 아, 이렇게 소진되다 어느 순간 교사로서 무릎이 꺾일 수도 있겠구나 싶은 순간이 옵니다. 그런 순간을 대비하기

✱

위해 수없이 많은 시도를 해보고 어떻게든 돌파구를 찾아보려 몸 부림치지만, 결국 제가 찾아낸 해법은 아이들 안에 있었습니다. 아이들의 배움과 성장을 보며 나의 삶에 스스로 가치를 부여하고 치열하게 오늘을 살아갈 이유를 찾아내고 싶었어요. 그렇게 차곡차곡 아이들과의 이야기들을 적기 시작했습니다. 그리고 이 이야기에 공감해주시는 많은 분들을 만나게 됐어요. 얼떨떨했지만 처음 이 기록을 시작했던 마음을 떠올리니 이분들의 마음도 제 마음이나 다를 바가 없다는 걸 깨닫게 되었습니다. 우리에게는 누구나 여덟 살 꼬꼬마로서 존재할 수 있었던 어린 시절이 있었고, 그 시절에 대한 기억을 바탕으로 많은 분들이 꼬꼬마들의 일상을 따뜻하고 먹먹한 마음으로 함께해주시는 것이 아닐까 싶었어요. 우리 모두에겐 어린이의 반짝거림과 함께하며, 잠시나마 고단한 마음을 쉬게 할 시간이 필요했던 건 아닐까 하는 생각도 들었고요.

어떻게든 가르치고 배우려는 한 평범한 교사의 고군분투기와 언제나 한껏 자랄 준비가 되어 있는 꼬꼬마들의 이야기가 담긴 짧

＊

은 글 속에서 위로와 희망을 발견하신 분들을 통해 저 역시 위로
받았습니다. 제가 소중히 여기는 이야기에 함께 공감해주시는 분
들의 존재를 통해 제가 걸어가는 길에 대한 믿음을 가질 수 있었
어요. 소소한 꼬꼬마들의 이야기를 통해 어른이 부재했던 어린 시
절의 힘든 기억이 치유되는 경험을 했다고, 결핍된 것이 무엇인지,
좋은 어른의 역할이 무엇인지 알게 해주어서 고맙다는 어떤 분의
말씀이 한동안 잊혀지지 않았습니다. 선생님으로서 살기 위해 마
음을 매만지던 순간들을 함께 나눌 수 있는 분들이 있다는 건 참
특별한 경험이었답니다. 이 일상의 기록은 저에게 있어서는 언젠
가 교사로서 무릎이 꺾이게 될 수도 있는 미래에 스스로 상처받
지 않기 위해 응급약처럼 차곡차곡 마련해온 것들입니다만, 어린
시절에 충분히 어린이로 살지 못했던 어른들, 어른으로서 살며 버
석버석 메마른 현실 속에서 마음이 지쳐간 이들에게 작은 위로가
될 수도 있다는 사실을 많은 분의 이야기를 통해 알게 되었어요.
그 사실이 또 저에게 다정한 위로가 되었습니다.

＊

이렇게 많은 어른의 마음에 이토록 따스한 온기를 전해주는 꼬꼬마들의 이야기, 아이들에게는 제가 기록한 이 멋진 순간들이 기억 속에 남기 어렵겠지만 괜찮습니다. 제가 다 기억하니까요. 그리고 이 글을 같이 읽어준 사람들이 있으니까요. 누군가가 기억하기만 한다면 지워지지 않고 오래오래 남게 되는 거라고 저는 믿고 싶습니다. 그렇기에 저는 앞으로도 힘껏 제 생의 반짝이는 순간을 기록하고 기억하며 살고 싶어요. 이렇게 빛나는 일상의 순간이 있었음을 되새기며 저에게 주어진 삶을 채워가겠습니다. 이 글을 읽는 분들 역시 어린이들의 반짝이는 마음을 만나, 우리 아이들에게 믿을 수 있는 어른으로 존재하는 길을 걸어주시길 소망합니다.

책을 준비하며 지나간 글들을 읽어보니 한 해 동안 착실하게 성장한 꼬꼬마들의 얼굴이 선명하게 떠올랐습니다. 그러다 보니 이런저런 고민 끝에 트위터에 적은 기록 외에도 매일매일 아이들의 일상을 기록하고 보호자님께 하고 싶었던 이야기를 적었던 실제 알림장 속 글들을 몇 가지 추려 본문 사이사이에 넣었습니다. 그

✴

글들은 제가 어떤 마음으로 아이들을 가르쳐왔는지, 이 세상 사람들이 아이들을 어떻게 대해주었으면 좋겠는지를 나타내는 제 진심이 담겨 있습니다. 모쪼록 그 안에 담긴 이야기를 통해 우리 아이들을 이해하는 한 걸음을 내디뎌주시기 바랍니다.

책 안에 담겨 있는 따뜻하고 사랑스러운 그림들은 제가 오래전부터 알아왔던, 아가였는데 어느새 열다섯 살이 된 이안이가 그려주었습니다. 가장 사적인 기록이라 제가 아끼는 이의 그림으로 의미를 더하고 싶었어요. 순수하고 보드라운 이안이의 그림이 꼬꼬마들과의 추억을 더 빛나게 해주었습니다.

만드는 과정에서 트위터 닉네임으로 책을 내는 부분에 대해 고민을 좀 했습니다만, 실명이 아니라 '초등샘Z'의 이름으로 이 책을 내는 게 더 의미가 있겠단 생각이 들었습니다. 세상에는 좋은 선생님들이 많이 계시고, 각자 그 자리에서 최선을 다해 우리 아이들을 가르치고 계시지요. 제가 쓴 기록이 혹시 '이래야만 좋은 선생

✱

님'이라는 오해를 살 수도 있다는 생각에 조심스러워집니다. 저 역시 부족한 점이 너무나 많은 선생님이지만 글에는 잘 드러나지 않았을 뿐인걸요. 그저 우리 주변의 평범한 교사들 중 하나랍니다. 모든 선생님에게는 각자의 방법으로 아이들을 이끌고 성장시키는 지혜로움이 있습니다. 그저 이 책에 담긴 꼬꼬마들과 한 익명의(?) 교사가 만들어내는 이야기들로 지친 일상 속 슬쩍 미소 짓는 휴식의 순간을 만끽해주세요. 그렇다면 저에게 더없는 기쁨이 될 것 같습니다.

이 책이 나오기까지 애써주신 분들이 많습니다. 제가 꼬꼬마들과 이토록 찬란한 순간순간을 누릴 수 있었던 것은 몇 년간 같이 1학년을 꾸려가며 동고동락한 동학년 선생님들 덕분입니다. 함께 아이들을 위한 오롯한 마음으로 수업을 준비하고 아이들의 마음을 매만질 수 있는 다정한 이야기들을 고민하던 시간이 교사로서 제 자신을 좀더 성장시킬 수 있는 밑거름이 되었습니다. 다양한 개성을 지닌 여러 연령대의 교사들이 아이들을 사랑하는 마음 하나

*

로 함께 성장해왔던 그 멋진 시간을 저는 결코 잊지 못할 것 같아요. 멋진 리더 O부장님, 세심한 이벤트왕 K샘, 언제나 배우려는 마음가짐으로 쑥쑥 성장해왔던 Y샘과 C샘, 꼼꼼하고 든든했던 K샘, 웃음을 주던 Y샘과 J샘, 정말 본받고 싶었던 선배 교사의 모습을 보여주신 J샘과 K샘, 올해 또 다른 1학년 멤버가 되어준 Y샘과 S샘, 그리고 1년 내내 큰 도움을 주신 특수지도사 Y샘까지. 제 아낌없는 존경과 사랑을 보냅니다.

학교 일에 진이 빠져 가끔 엄마로서, 아내로서 소홀했던 저를, 그저 사랑으로 감싸준 가족이 있었기에 제가 교사로서 든든히 뿌리내릴 수 있었습니다. 따뜻한 마음을 지닌 아이들로 자라줘서 고맙고 저를 배려해주고 아껴주는 배우자로 항상 그 자리에 있어줘서 고맙습니다. 언제나 저에게 잘하고 있다고, 너 같은 사람 없다며 너무 애쓰지 말라고, 지금도 충분하다고 마음을 매만져준 소중한 친구들에게도 진심 어린 고마움을 전하고 싶습니다. 이런 소소한 기록들을 과연 책으로 내도 될지 망설였던 저에게 용기를 심어준 트위터상의 모든 분, 이 책을 만드는 과정 하나하나를 의미 있는 기억으로 채워주신 책나물 대표님에게도 감사드립니다. 덕분에 저도 제 교직생활의 행복한 순간을 책으로 간직할 수 있는 행운을 누리게 되었습니다.

무엇보다, 저를 선생님으로서 성장하게 해준, 제가 가르쳐온 모든 아이에게 정말 고맙습니다. 하나하나 떠올려보면 아름답지 않은 아이가 없었어요. 그 아이들의 기억 속에도 제가 좋은 선생님으로 기억되기를 소망해봅니다.

이토록 많은 이들에게 고마워하는 마음으로, 한때 어린이였던 우리 모두에게, 작지만 무한한 가능성을 지닌 여덟 살 꼬꼬마들의 반짝거리는 학교 적응기를 건넵니다.

3월

'괜찮아요'라는 말이 필요한 꼬꼬마들

2 월의 알림장

　정신없던 새 학년 준비를 마치고 이제야 차분하게 마음을 매만져봅니다. 매번 몰아치는 연락들로 인해 혼란스러우셨을 텐데도 잘 협조해주셔서 빠르게 진행할 수 있었어요. 정말 감사드립니다.

　매년 새 학년을 시작하고 새로운 아이들과의 만남을 준비하는 과정은 항상 설렙니다. 교직 경력이 그리 짧지 않음에도 아이들과의 첫 만남은 왜 항상 두근거릴까요. 올해는 또 어떤 아이들을 만나게 될까. 아직 얼굴도 잘 모르는데 마음은 이미 "우리 반 아이들! 내 학생들!" 이러고 있네요.

　앞으로 천천히 보호자님들과 소통하며 제 교육관 및 학급 운영에 관한 생각들을 나누겠습니다. 교사와 부모님이 함께 한 아이의 성장을 위해 고민하고 마음을 모아야 진정한 배움이 일어날 수 있겠지요? 언제나 보호자님의 생각을 귀담아들을 준비를 하는 것으로 첫 시작을 준비합니다. 아이와 관련된 고민이 생기셨을 때, 아이가 학교생활을 잘하고 있는지 궁금하실 때, 학습이나 생활습관에 대한 상담이 필요하실 때, 그 외 아이와 관련된 모든 종류의 이야기를 할 필요가 있을 때, 언제든지 연락 주시기 바랍니다. 함께 편하게 이야기하고 방법을 찾아가는 그 과정이 우리 모두를 성장시킬 거라 믿고 있습니다.

아이가 학교에 입학하며 좋은 선생님과 좋은 친구를 만나면 좋겠다고 생각하셨을 거예요. 좋은 선생님이 될 수 있도록 매 순간 마음을 다하겠습니다. 아이들이 서로가 서로에게 좋은 친구가 될 수 있도록 잘 지내는 법을 가르치겠습니다. 보호자님과 저도 서로를 신뢰하고 존중하는 좋은 관계를 맺길 소망합니다.

그럼 곧 반짝반짝한 모습으로 기쁘게 만나요!

2월 28일

몇 년 만에 처음으로 업무 걱정보다 새로 만날 아이들에 대한 설렘으로 가슴 두근거리는 2월 말. 아직도 매년 아이들이 마냥 예쁘고, 보기만 해도 저절로 실실 웃음이 나는 걸 보니 앞으로 교사 생활 좀더 해도 되겠다 싶다. 교사는 직업이지만, 아이들에 대한 애정은 필수값.

3월 6일

입학식 다음 날 계단 올라온 1학년 꼬꼬마들, 단체로 교실 못 찾아 미아 속출! 온 복도가 우는 애들 손 잡고 교실 찾아주는 선생님들의 종종걸음으로 가득! 계단 올라오자마자 눈빛이 심하게 흔들리더니 눈물이 급속도로 차오르는 우리 꼬꼬마들, 어쩔 셈인가. (안타까움)

° ° °

첫 급식의 대혼란과 아비규환은 다시 적기에도 손 떨리는 기억이나, 학교 밥 맛있다고 더 달라는 아이들 먹이려고 식판에 밥이랑 반찬이랑 수북이 담아 애들 식판에 열심히 나눠준 건 뿌듯함. 덕

분에 내가 밥을 못 먹은 건 안 비밀. 그래도 밥 잘 먹는 애들 왜 이렇게 예쁘지! (웃음)

◦ ◦ ◦

"선생님 말할 때는 같이 말하는 거 아니에요."
"그 질문은 선생님 얘기 끝나고 하자!"
"선생님 말할 때는 선생님만 쳐다보는 거예요."
"선생님에게 말하지 않고 아무 데나 가면 안 돼요!"
똑같은 얘기를 무한 반복하며 드디어 1학년이 시작되었음을 절감! (웃고 있는데 눈물이 난다…….)

◦ ◦ ◦

화요일 입학, 수목금 3일 동안 우리 1학년 꼬꼬마들은 학교 여기저기서 미아가 됐다. 사방에 우는 애들 속출. 집에 갈 때도 분명 중앙현관 필로티까지 데려다주고 인사했는데 정문과 후문을 몰라서 미아가 됨. '웃프지만' 귀엽고 뭐 그렇다. (하하)

◦ ◦ ◦

여러분. 애들이 오른쪽 왼쪽 구별하는 거, 줄 서는 거, 급식판 제대로 들고 걸어가는 거, 책가방 싸는 거, 실내화 갈아 신는 거, 학교 화장실 이용법, 수업 시간에 자리에 앉아 있는 거, 손 들고 질문하는 거, 그거 1학년 선생님이 열심히 가르치는 겁니다. 그냥 저절로 타고나는 거 아니에요……

○ ○ ○

1학년 교실이 있는 2층 말고 다른 층도 너무나 가보고 싶다는 우리 반 꼬꼬마들의 소원을 들어주기 위해 오른쪽으로 바르게 걷기 연습을 핑계 삼아 학교 투어 한 바퀴.

박물관 도슨트 부럽잖을 '우와, 우와' 열광적인 반응으로 마무리. 성공적……. (뿌듯)

올해 1학년이 처음이라는 우리 학년 세 분 선생님들에게 3월 한 달만 넘기면 제법 사람꼴(?) 갖춘다고 다독이는 기존 1학년 경력자 선생님들. 우리 모두 다 다크서클을 발목까지 대롱대롱 달고 묵묵히 연구실에서 당 떨어진다며 각종 달다구리들을 먹어댔다.

°°°

전국의 2학년 선생님께서 올해 2학년이 전례 없이 어리다며, 마치 1학년 같다고 당황해하고 계신다는 이야기가 들림.

걔네 1학년 맞아요. 작년에 학교에 50일도 못 나왔어요⋯⋯. (먼 산)

올해 1학년들도 전례 없이 울뱅이(?)들이 많다.

너네 작년에 유치원 많이 못 다녔구나? (눈물)

• 울뱅이 : 강원도 사투리로 '울보'를 뜻함.

°°°

아침 연구실 동학년 미팅.

오늘 할 건 선 긋기, 키 번호대로 줄서기, 오른쪽으로 걷기, 급식실 이용법 가르치기(식판 들기, 음식 받기, 잔반 처리)예요!

1학년 다경력자 : 어휴, 4교시 가지고 모자라겠네.

1학년 처음인 자 : 4교시 동안 저거 가르치고 끝이에요? (그날 수업

다 끝나고 나서야 4교시가 모자랐다며 고개 절레절레)

○ ○ ○

〈1학년 선 긋기 가르치는 과정〉

바르게 앉기, 색연필 잡기, 여러 가지 색깔을 사용하세요.

"선생님 삐뚤어졌어요!" "괜찮아요." "삐져나왔어요!" "삐져나와도 돼요." "까만색 써도 돼요?" "써도 되는데 까만색만 쓰면 안돼요."

잘못 그었다고 우는 꼬꼬마 달래기. 한 줄 긋고 확인받으러 나오는 꼬꼬마들 다시 자리로 돌려보내기. 40분 '순삭(순식간에 삭제)'.

〈1학년 키 번호대로 줄 세우기 과정〉

복도에 나가서 막 섞여 있는 꼬꼬마들 나눠서 세우기, 일일이 눈대중으로 키 번호 맞춰 세우기, 앞뒤 사람 누군지 기억하게 하기, 중간에 자꾸 삐져나오는 애들 다시 세우기, 앞 사람 건드리지 않기. 교실에 들어갔다 다시 나와 자기 키 번호대로 서보기 반복. 40분 '순삭'.

〈1학년 급식 가르치기 1〉

급식실 예절 가르치기. 실제 찍어온 급식실 영상 보며 시뮬레이션. 급식판 어디 잡으면 되는지. 수저는 어떻게 잡나. 받을 때 인사하기. 많으면 덜어달라, 적으면 더 달라 말하기. 줄 서서 옆으로 받아서 앞으로 가기. 급식판 들고 걷는 방법, 내 자리 찾기. 40분 '순삭'.

〈1학년 급식 가르치기 2〉

이미 교실에서 이론은 마스터했으니 실습하러 급식실 고고. 발자국 모양 줄서기. 하나씩 라인 따라 동선 체크. 자기 자리 앉아보기. 들어가는 곳, 나가는 곳 알아보고 왕복해보기. 끝나면 퇴식구까지 어느 방향으로 나가는지 확인. 자리에 앉아 기다리기. 여러 번 반복. 40분 '순삭'……. (선생님 탈진)

∘ ∘ ∘

"자, 다 했으면 우리 반 소식통(투명 L자파일)에 넣으세요!"
"선생님! 저는 소식통이 없어요!"
"그럴 리가, 엄마가 넣어주셨을 거야!"
"아니에요! 없어요!"
"책가방 안에 한 번 더 찾아보자."
"(울먹울먹) 진짜 없어요."
"♡♡아. 너 손에 들고 있는 거, 소식통 아니니?"
(내면의 한숨과 웃음)

○ ○ ○

1학년 수업 시간에 제일 많이 듣는 말은 "선생님!!!!!!!!!!!!!!"
(느낌표의 개수에 따라 경중이 다름)

내가 제일 많이 하는 말은 "괜찮아요."

너무나 궁금한 게 많고 모든 게 너무나 큰 일처럼 느껴지는 1학년을 진정시키는 마법의 말,

"괜찮아요."

우리 꼬꼬마들의 1학년이 다 괜찮게 흘러가길!

○ ○ ○

예전엔 '연필 잡는 손이 오른손이에요! 젓가락질하는 손이 오른손이에요!'라고 가르쳐도 괜찮았지만, 왼손 오른손 구분 없이 쓰는 요즘은 그렇게 가르칠 수 없다. 그런데 올해 우리 반 꼬꼬마들은 다 오른손으로 수저를 쓰더라! 행운이다! 당당하게 밥 먹는 손이 오른손이라고 가르치고 손쉽게 클리어! (기쁨)

○ ○ ○

초등 1학년이 되면 배우는 것 중 하나, '학습지 받아서 뒤로 넘기기'.

맨 앞에 앉은 아이에게 학습지 뭉치를 주면서

"자, 선생님 따라 해보세요. '자기 한 장 가지고 뒤로 넘기기'. (리듬이 있어야 한다!) 나는 한 장만 가지고 나머지는 다 뒷사람에게

주는 거예요!"

　그러나 현실은 한 장씩 정성스레 뒤로 넘기는 녀석, 내가 한 뭉치 가지고 한 장만 뒤로 넘기는 녀석…… 무한 반복 연습만이 살길이다!

∘ ∘ ∘

　1학년 교사가 가장 공을 들여 가르치는 것은 '스스로 해보기'와 '실패해도 두려워하지 않기'다. 그러니 '괜찮아요.'라는 말도 자주 쓸 수밖에. 무엇이든 스스로 혼자 해내는 그 과정을 지켜보고 응원하기. 도움을 요청하면 기꺼이 응해주기. 온 세상이 너의 한 걸음을 위한 준비가 되어 있다는 믿음을 심어주는 것.

3 월의 알림장

오늘은 우리 반 친구들의 의젓함에 놀란 하루였습니다.

규칙도 잘 지키고 질문을 할 때도 손을 들고 질문하고, 한 번 말해줬는데도 잊지 않고 교실 안에서 차분하게 생활을 잘했습니다.

우리 어린이들은 아직 학교에 가는 게 조금은 두렵고 낯설 거예요. 매일 학교에서 있었던 생활에 관해 간단하게나마 이야기 나누시고, 조금이라도 걱정되시거나 궁금하신 점이 있으시다면 언제든 연락 주세요.

학기 초 아이들의 적응 문제는 제가 가장 관심을 가지고 있는 주제이며, 보호자님들과 긴밀히 의논하는 데 있어 주저함이 없는 분야이기도 합니다.

아이들에게 명확하고 이해하기 쉬운 단순한 문장으로 가르치기 위해 노력하고 있습니다. 따뜻한 격려와 함께 구체적이고 개개인의 특성에 맞는 칭찬을 해주고 있습니다. 언제나 선생님이 너희들을 도와주고 힘들고 어려운 일을 함께 해결해줄 거라 반복해서 이야기해주고 있습니다.

잘못된 점은 단호하게 이야기하되, 감정적으로 혼을 내거나 야단은 치지 않습니다. 처음 한 것은 실수니까 괜찮다, 하지만 알면서도 반복하는 것은 잘못이니까 선생님이 다시 이야기를 하겠다고 인지시켜 주었습니다.

매일매일 반복되는 대화들과 일관성 있는 훈육이 우리 아이들을 성장시킬 거라 믿고 있어요. 따뜻하게 사랑으로 감싸되, 바른 길로 걸어갈 수 있도록 항상 관심을 기울이겠습니다.

한 해 동안 믿고 지켜봐주시면 감사하겠습니다.

3월 7일

3월의 1학년 : 쭈뼛거리며 들어옴. "◇◇아 안녕~!" 인사하면 고개만 꾸벅하며 쑥스럽게 웃음. 손짓하면 주춤거리며 와서, 안아주면 통나무처럼 뻣뻣.

4월부터의 1학년 : 저 멀리서 "쓴생니이임~!!" 우렁차게 외치며 온몸으로 뛰어들어 안김. 내가 입 떼기도 전에 자기 이야기 다다다다 말해서 내가 말할 순서 안 돌아옴.

3월 8일

교통안전 교육의 날. 모형 신호등과 횡단보도를 설치해놓고 길 건너기 연습을 반복했다. "초록불이어도 차가 안 멈출 수 있으니 셋을 세고 움직이자!"라는 말에 "차가 왜 안 멈춰요?" 하는 아이들.
세상에 미친 어른들이 많아서 그래, 얘들아……. (차마 못한 내 마음속 말)

∘∘∘

급식 먹고 애들 줄 세워 교실로 컴백하는 길. 눈물 그렁그렁 떨리는 눈동자로 방황하는 영혼 발견.

"넌 몇 반이니?"

"2반요."

"무슨 일이야?"

"밥 먹다 물 뜨러 나왔는데 급식실 어딘지 못 찾겠어요. 우웽!"
(오열하는 어린이)

지나가던 실무사님 손에 급식실로 다시 보내주었다…….

∘ ∘ ∘

급식 먹다가 오늘도 여기저기서 손 번쩍번쩍! 미리 한 바퀴 돌며 뭐뭐 더 먹을 건지 주문(?)받은 뒤 식판에 밥 가득, 쌈장, 고기, 국그릇에 국물과 두부 가득, 각각에 숟가락 하나씩 꽂아서 식판 들고 다니며 배식해주었다.

나의 잔머리 칭찬해……. 밥 잘 먹는 애들 예뻐 예뻐! (눈동자 가득 하트)

∘ ∘ ∘

내일 가위, 풀 사용 학습 계획 중, 문어 머리만 만들어 놓고 애들 보고 색종이 고리 자르고 붙여 문어 다리를 만들게 하자, 라고 의견이 결정되는 순간! 일사불란하게 문어 머리 그려 오리고, 문어 눈알 검정, 흰 종이로 만들어 붙여 순식간에 연구실 책상에 문어

대가리 9개 뚝딱. 잘 조직되어 있는 우리 1학년 선생님들의 능력!
존경한다!

○ ○ ○

아침마다 버뮤다삼각지대(?)인 양 미아가 된 꼬꼬마들이 속출
하는 중앙현관 2층 계단 앞. 길 도우미 역할을 자처하며 서 있다
보면 작년 꼬꼬마들, 재작년 꼬꼬마들이 계단을 올라가다 날 보
고 한 번씩 뛰어와 안긴다. 제법 묵직해진 녀석들의 온기에 급격히
흐뭇. 엄마 미소 작렬. 교실 놀러 오라고 약속하고 아쉬움의 바이
바이.

3월 9일

우리 반 통실통실 귀여운 꼬꼬마. 얼굴 빨개져서 끙끙. 뭔 일인
가 보니 옷이 작아서 소매를 못 올리고 있음. 오동통한 팔뚝에 고
무줄 소매 자국 올록볼록. 웃음 꾹 참고 나도 끙끙거리며 올려줌.
오후에 어머님한테 전화해서 얘기하다 둘 다 웃음이 터져서 끅
끅거리며 웃었다.
"앞으로 큰 옷 입혀 보낼게요."
훈훈한 마무리. 자꾸 생각나 웃게 된다.

◦ ◦ ◦

운동장 놀이터를 향한 꼬꼬마들의 열망을 외면하지 못하고 20분 정도 데리고 나감. 제일 낮은 철봉도 손이 안 닿는 녀석들을 하나씩 들어 매달리게 해주니 올망졸망 빗방울처럼 대롱대롱! 넘 귀여워 나도 모르게 입을 틀어막게 됨!

사진 찍은 거 나만 봐야지! <u>ㅎㅎㅎㅎㅎㅎ</u>.

◦ ◦ ◦

놀이터 감시자(?)를 자청하고 있자니 한 명씩 돌아가며 나에게 신변잡기(?) 수다를 한 자락씩 떨고 가는데 종류가 버라이어티하기 짝이 없다. 이집트 피라미드 얘기. 어제 임마가 아빠한테 잔소리한 얘기. 자기가 발견한 벌레 얘기. 선생님은 왜 실내화 신고 나

3월

◆

왔냐는 날카로운 질문(움찔)까지.

한없이 소소하고 다정한 한때.

유괴예방교육을 하며 "낯선 사람은 어떤 사람일까요?"라는 질문에 "'엄마가 너 데리고 오라고 했어' 하면서 내 손 잡고 가서 아이스크림도 사주고 과자도 사주는 모르는 사람요!"라고 빛의 속도로 대답한 우리 반 귀염둥이 꼬꼬마.

똑똑해. 칭찬해. 멋져! (기특)

놀이터에서 놀다가 신발에 모래가 들어갔다며 울상인 꼬꼬마를 달랑 들어 내 무릎에 앉힌 뒤 신발을 하나씩 벗겨 탁탁 털어 다시 신겨주니 너무나 신나 하며 "고맙습니다!" 하고 달려간 그 웃음이 예뻤던 하루.

이래서 내가 1학년을 못 끊나(?) 보다.

계란과 유제품 알러지가 심한 우리 반 꼬꼬마의 어머님과 매일 아침 연락하며 식단표 점검. 대체식 의논. 아이가 혹시라도 풀 죽을까 걱정하시는 어머님의 마음을 백번 이해하기에 자연스레 다른 아이들과 알러지에 관한 얘기 나누고 훈훈한 분위기 조성.

"나도 햇볕 알러지 있어!"

"난 무화과 알러지 있어!"

우리 꼬꼬마들 마음이 참 따뜻하다.

∘ ∘ ∘

1학년 아이들에겐 그림책을 자주 읽어주는데 매년 읽을 때마다 열광적 반응을 보이는 실패 없는 베스트셀러를 알려드립니다.

(여러 번 읽어달라고 할 정도로 반응 뜨거움. 3학년까지도 괜찮을 듯!)

1. 판다 목욕탕

2. 팥빙수의 전설

3. 줄줄이 꿴 호랑이

(매년 읽어주는 나도 읽을 때마다 웃겨서 끅끅거림)

∘ ∘ ∘

내일은 학교 운동장에 대해 배우는 날, 적응교재 뒤에 있는 스티커 떼서 운동장 꾸미기 할 생각에 우리 꼬꼬마들 매우 기대 중. 그거 1분 만에 끝날 것 같아서 꼬꼬마들의 스티커 열정을 채워줄 귀여운 스티커를 라벨지에 인쇄.

"안 떼져요!!!"할 게 뻔해서 뒤에다 칼집도 냈지만, "그래도 안 떼져요!!"하겠지? (모든 걸 짐작하는 자의 체념 어린 미소)

학교 돌아보기 공부를 위해 아이들 졸래졸래 꽁지에 매달고 학교 투어 중.

6학년 교실에 들어가보고 엄청 큰(?) 책걸상에 "우와!" 입이 쩍 벌어진 꼬꼬마들.

줌으로 빈 교실에서 원격수업하다 쉬는 시간 중이던 6학년 선생님들 우리 꼬꼬마들 보고 귀여워 죽겠다며 마구 웃으셨다. 우리 애들이 좀 많이 귀엽죠. (웃음)

 ° ° °

지난번 팔목 옷소매 자국 올록볼록 꼬꼬마의 어머님이 약속(?)대로 큰 옷을 입혀 보내셨는데, 문제는 소매가 헐렁하니 자꾸 내려와 손 씻을 때마다 소맷자락을 푹 적셔온다는 것. 아이고. 쉬는 시간에 소매 접어주며 손 씻을 때마다 선생님에게 오라 했으나 기억할 리가……. 신나게 하루 종일 적시고 다님. 매우 1학년답다!

 ° ° °

"우리 ♡♡이는 뭘 먹고 이렇게 귀엽니?"

쉬는 시간에 가만히 다가와 내 손을 꼭 잡아보는 꼬꼬마에게 장난삼아 웃으며 물었더니 급 진지 모드로 돌변.

"제가요, 일곱 살 때 오이를 먹었거든요? 싫어하는데 꾹 참고 먹었더니 귀여워진 거 같아요!" (내면의 대폭소)

애써 웃음 참고 "그렇구나!" 맞장구쳐 주었다.

나도 오이 먹자!

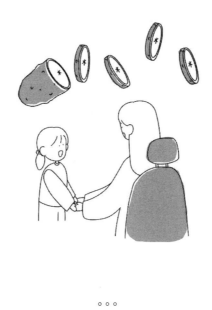

° ° °

급식 먹고 시간 여유가 좀 있길래 꼬꼬마들 데리고 학교 한 바퀴 산책 중.

"따뜻한 봄 햇살 맞으며 이렇게 햇볕을 쬐어줘야 감기도 안 걸리고 몸도 튼튼해지는 거예요." 했더니 단체로 눈 감고 하늘 보며 얼굴 짜작짜작 태우기(?) 시작.

아니 우리 꼬꼬마들 실천력 보게? 말만 하면 다 해보는 초등 1학년의 열정!

∘ ∘ ∘

퇴근 후 굉장히 고심하여 캐릭터 밴드 주문. 매년 꼬꼬마 고객님의 티끌(?)만 한 상처들에 만병통치약으로 통하는 캐릭터 밴드! 작년에 구입했던 라인프렌즈 밴드 마지막 조각을 오늘 사용! 올해는 카카오프렌즈 너로 정했다! 중대형은 너무 커서 꼬꼬마들 손가락에 칭칭 감기기에, 소형으로 잔뜩 주문. 마음이 든든하다.

∘ ∘ ∘

오늘의 급식 메뉴는 치킨까스!

하…… 일단 어깨 한 바퀴 돌린 뒤 집게와 가위를 받아 아이들 사이를 돌아다니며 손바닥만 한 치킨까스를 길게 4등분하기 시작! 앞니가 없거나 흔들리는 1학년은 치킨까스를 베어 먹기가 어렵다. 우리 반 아이들 치킨까스를 다 잘라준 뒤, 추가로 배식할 것도 한 대접 잘라놓고 난 뒤에 내 밥 먹기 시작!

∘ ∘ ∘

항상 3월 급식 먹을 때는 일단 국에 밥을 말아 몇 숟가락 급하게 먹은 뒤, 애들 사이 한 바퀴 돌고, 또 몇 숟갈 먹고, 손 드는 꼬꼬마

고객님들 시중들러 돌아다니는데 오늘의 복병은 소스였다! 소스 더 달라는 아이들 수발드느라 머스터드소스 싫어질 뻔함. 차갑게 식어가는 내 치킨까스에게 묵념.

° ° °

오늘 학년 연구실은 학급대표 어머니와 녹색대표(녹색교통봉사 학부모 대표)가 선출된 반과 그렇지 않은 반의 분위기가 극명하게 갈림. 진짜 몇십 년 교직에 있어도 적응 안 되고, 모든 걸 하늘의 뜻(?)에 맡겨야 하는 고난이도의 미션이다!

공지-재공지-단체 문자 읍소-개별 전화 읍소까지 갈 때도 많은 데, 올해는 다행히 "절 살려주세요!"라는 단체 문자까지만 보내고 성공, 다른 반의 부러움을 한 몸에 받았다. 제발 이런 것 좀 안 뽑으면 안 되겠니…….

3월 11일

"종이가……(훌쩍) 찢어졌어요오오! (크흥, 훌쩍!)"
괜찮아요. 선생님이 이렇게 테이프로 붙이면 감쪽같지롱!
해결! 꼬꼬마 기쁘게 자기 사리로 컴백.

"풀 묻어서 종이가 붙었어요. (우엥!)"

괜찮아요. 선생님이 살살 떼줄게요! 믿어봐! (떼다가 찢어짐. 우엥. 내가 울고 싶다.)

괜찮아! 학습지 종이 또 있어! 새거 줄게!

해결! 오늘도 성공적.

오늘 역대 1학년 담임하던 중 제일 이른 시간에 "선생님!!! 배고파요!!! 급식 언제 먹어요오오오!!!!"를 들었다.

9시 30분에 그러는 건 좀 아니지 않니, 얘야.

수업 시작한 지 30분 만에 울려 퍼진 배고픔의 합창.

그 뒤로 11시 40분까지 산발적으로 터져 나오는 "배고파요오오!" 덕에 나도 매우 배가 고파진 마법. 아침을 먹고 옵시다, 우리.

만년도장 찍어주는데 그게 신기한 꼬꼬마들이 올망졸망 모여서 구경.

"한 번만 찍어봐도 돼요?"

"두 번 찍어봐도 돼요." (웃으며 허락)

이면지 위에 찰칵찰칵 찍어보더니 다들 매우 기뻐함. 흐뭇하게 그 장면을 보다가 번개같이 손을 뻗어 친구 이마에 도장 찍으려는 짱구의 손목을 낚아챔. 휴우, 애 이마에 내 이름 새길 뻔했네.

∘∘∘

앞니가 달랑달랑 흔들려 너무나 신경 쓰여 하는 꼬꼬마의 울상을 보고 조용히 부름. 치실을 길게 끊어 고리를 만든 뒤 나의 비기(?)를 사용하여 1초 만에 무통증으로 빼주니, 동그랗게 놀란 토끼 눈이 되어 우와우와 놀라는 꼬꼬마들. 나의 능력(?)을 목도한 다른 꼬꼬마들의 박수 세례를 즐기며 오늘도 1학년 담임은 어깨 으쓱으쓱.

∘∘∘

눈 깜짝할 사이에 앞니 한 개 빠진 갈가지(?)에서 두 개 빠진 갈가지가 된 꼬꼬마가 거울에 이리저리 휑한 앞니 자리를 비춰보더니, 한 개 빠졌을 땐 못생겼었는데 두 개 빠지니 귀여워졌다며 자의식 가득한 멘트로 내게 큰 웃음을 주고 유유히 사라짐. (대폭소)

* 갈가지 : 보통 윗니 빠진 어린이를 놀림조로 이르는 말.

∘∘∘

자투리 시간에 다목적실로 가서 '바나나 술래잡기'를 함. '얼음' 대신 "바나나!"라고 외치면서 양팔을 위로 쭉 펴서 양쪽 손바닥 붙여 바나나 모양 만들기. '땡' 대신 두 명의 친구가 양쪽에서 동시에 팔을 잡아 내려주며 "깠다!" 하면 움직일 수 있는 놀이인데 매년 폭발적인 인기를 누림. 실패 없는 놀이다. 올해도 역시나 열광하는 아이들. 이마에 땀이 송글송글. (흐뭇)

바나나 술래잡기가 시작되자마자 끄아아아아 소리를 지르며 짧은 다리로 다다다 뛰어다니는 꼬꼬마들. 여기저기 "바나나!"와 "깠다!"가 난무하는 혼돈의 도가니탕으로 변신! 마스크 때문에 호흡곤란 올까 봐 오래 할 수가 없어 10분 정도만 뛰었을 뿐인데, 이어지는 급식시간에 대부분 밥을 리필하는 쾌거를 이룸. (뿌듯)

○ ○ ○

심심풀이로 하라고 캐릭터 색칠공부를 인쇄해 놨는데 몇 년간 보지 못한 신박한(?) 놀이를 시작한 우리 반 꼬꼬마들! 색칠한 캐릭터를 오린 뒤, 당당히 나에게 빨대를 요구, 테이프로 낑낑 붙여 막대 인형극 놀이를 시작함. 쉬는 시간마다 교실 한쪽에서 펼쳐지는 꼬꼬마 인생극장! 흥미진진하게 관람 중. (눈 반짝)

○ ○ ○

"선생님! 내가 팔찌 만들어줄까요?" (자신만만)

"우와, 신난다. 반지도 만들어줘요!" (뻔뻔하게 요구)

"가만히 있어봐요! 움직이면 안 된다요!" (테이프로 손목을 감아버림. 당황)

"핸드폰 줘봐요. 내가 사진 찍어줄게요!" (강제 촬영을 당함)

방과 후에 조심조심 테이프 떼서 서랍에 보관 (내일 불시검문 대비)

미래를 내다볼 줄 아는 나, 칭찬한다.

3 월의 알림장

　매년 그렇듯, 올해도 다양한 색깔을 가진 아이들이 교실에 모였습니다. 하나하나 작지만 다채로운 빛으로 가득한 세계를 지닌 아이들이지요. 찬찬히 아이들의 세계를 들여다보고 존중하며 그 세계가 자연스럽게 넓어질 수 있도록 돕는 일이 저의 일이라고 생각됩니다.

　개개인의 개성은 존중하되, 공동체 생활에서 다른 이들과 자연스럽게 어울리고, 서로 배려하는 방법을 가르칠 생각입니다. 자신의 일을 책임감을 가지고 하고, 늦거나 잘하지 못하더라도 쉬이 포기하지 않고, 내가 할 수 있는 최선을 다하는 즐거움이 무엇인지 가르칠 생각입니다.

　항상 아이에게 격려를 아끼지 말아주세요.
　잘한다는 칭찬 대신, 열심히 하는 게 중요한 거야.
　못한다 말하는 대신, '한번 해보자.' 하는 게 멋진 거야.
　못해도 괜찮아. 넌 네가 할 수 있는 최선을 다했으니까.
　이렇게 말해주세요.

아이들에게 '잘'하지 않아도 된다고 했습니다.

그 대신 '열심히' 해보는 건 중요하다고 이야기해주었어요.

젓가락질도, 줄넘기도, 그림 그리기도, 색칠하기도 모두 '잘'하지 않아도 되지만, 열심히 해보는 게 제일 중요하다는 것.

해보지 않고서는 잘할 수 있는 기회조차 없다는 것을 오늘 이야기해주었습니다.

자신감이 없는 아이들, 지레 포기하는 아이들을 잘 다독여서 무엇이든 해보는 즐거움을 익힐 수 있도록 가르치겠습니다. 가정에서도 '잘하고 못하고'보다는 아이가 과정을 온전히 즐기며 열심히 할 수 있도록 격려해주시기 바랍니다.

초등 1학년은 낯선 세상으로 한 발자국 나설 수 있는 용기를 길러야 하는 시기입니다. 여덟 살은 뭐든지 다 해보고 경험해봐야 하는 나이입니다. 부모님과 저는 든든한 빽(?)이 되어 아이들을 응원하는 역할임을 기억해주세요.

3월 12일

다시 태어난다면 선생님은 안 하겠다. 자기 자신을 어마무시하게 갈아넣어야 하는 직업이기 때문이다. 그러나 이번 생에 이왕 하는 거 아이들의 성장에 한 뼘이라도 도움이 되는 선생님이 될 수 있기를 소망한다. 뭐 대단한 선생님은 못 되어도 적어도 아이들에게 우리 선생님이 우리를 참 많이 아껴주셨었지, 정도만 되어도 성공적이 아닐까?

3월 13일

본격적인 인생극장(?) 공연에 재미가 들린 우리 반 꼬꼬마들은 나에게 초대장을 보낸 뒤 친히 모시러 와주셨고, 무려 의자를 내게 양보하여 관람석을 만들어주는 프로페셔널함을 보이심! 쉬는 시간에 교실 한구석에서 펼쳐진, 등장인물이 열 명도 넘는 대서사시! (감탄)

∘ ∘ ∘

심지어 이 인형극을 위해 한 꼬꼬마는 집에서 무대를 제작(?)해왔는데 무려 노란 색종이 조명(!)까지 달린 본격적인 물건이다!

상자 틈새에 빨대를 꽂는 용의주도함!

아아. 꼬꼬마들의 창의성에 감동받은 나는 귀한 쉬는 시간을 몽땅 할애하여 인형극 관람에 집중! (딴짓하면 보고 있냐고 확인을 하더라…….)

∘ ∘ ∘

또래보다 조금은 어린, 그렇지만 순수한 @@이가 발을 꽝 구르며 "나 낼부터 학교 안 올 거야!"라고 외쳤다.

"@@이 이리 와보세요." 하는 내 말에도 흥칫뿡 고개를 돌려버린다.

"어서 와보세요." (마지못해 왔다.)

"우리 @@이, 왜 이렇게 화가 났을까? 말해보세요."

"책상 밑에 청소했는데 선생님이 보러 안 와주잖아요! 봐준다고 약속하고!"

알고 보니 미니 빗자루로 자기 주변을 청소하는 걸 배우고 난 뒤, 선생님이 확인한다는 말에 낑낑거리며 열심히 했는데 내가 안 와서 화(?)가 난 모양이다.

"그렇지만 @@아, 아직 선생님은 아무도 확인하지 않았는데? 곧 갈 거예요. 가서 기다리세요."

우리 @@의 흔들리는 눈빛. 꼭 움켜쥔 손 스르르 풀고 자리에 앉더라. (웃음 꾹 참음)

○ ○ ○

교실에서 제일 눈여겨보고 일부러 불러 대화를 해야 할 아이는 '인싸(?)'도 아니고 말썽꾸러기도 아닌, 항상 조용하고 있는 듯 없는 듯한 아이다. 하루 종일 말 한마디 안 하고 집에 갈 것 같은 아이들에게 일부러 말을 걸고, 활동을 확인할 때 좀더 구체적이고 다양한 피드백을 해주기 위해 신경 쓴다.

이런 아이들은 크게 눈에 띄는 행동을 하지 않기에 그냥 잘 지내나 보다 하고 넘어가기 쉬운데, 그러다 학기 말 통지표에 종합의견 작성 시 뭘 써야 할지 모를 정도로 기억에 남는 일들이 없는 경우가 생기기도 한다. 이런 아이의 성장을 위한 교사의 역할은 끊임없이 관심을 가지고 놀이와 활동에 잘 참여하도록 자연스레 상황을 조율해주는 것. 그런 의미에서 눈여겨보는 꼬꼬마 중 하나를 쉬는 시간에 불러 물었다.

"▲▲이는 무슨 반찬을 제일 좋아해?"

(세상에서 제일 좋은 대화 주제!)

잠시 머뭇거리다 "달걀후라이요."

"우와! 선생님도 좋아하는데! 한 번에 세 개도 먹어!"(깜짝 놀라 눈 휘둥그레지는 어린이. 그런데 진짜야…….)

▲▲이가 집에 갈 때쯤 나에게 수줍게 내민, 색종이로 접은 달걀후라이.

……감동이다.

○ ○ ○

1학년 꼬꼬마들과 수업도 열심히 하지만, 일상생활 속에서 간접적으로 가르치는 것이 훨씬 많은 것도 같다. 생활의 지혜랄까, '이럴 때는 이렇게 하면 좋아!'라고 할 때 아이들의 '우와아아아.' 하는 표정이 참 예쁘고 내가 대단히 중요한 것을 가르친 듯한 착각(?)에 가슴이 뿌듯해지는 것.

3월 15일

월요일마다 애들이 조금씩 리셋(?)되어 등교하는 것 같은 느낌은 그저 내 느낌적인 느낌일 거야……

그럴 거야……. 절대 리셋된 건 아닐 거야…….

그… 그렇겠지?

○ ○ ○

지난주에 발 꽝꽝 구르며 학교 안 오겠다고 호기롭게 외치던 꼬꼬마. 아침맞이하며 복도에서 만남. 실내화 갈아 신는 걸 도와주며 슬그머니 말을 붙였다.

"@@이 오늘은 학교 오고 싶었어요?"(시선 피하는 어린이)

"선생님이 앞으로 @@이가 하는 질문에 대답을 열심히 할게!

매일 학교 오고 싶게!"(고개 끄덕끄덕하는 어린이)

흐뭇하다. 잘 크자!

∘ ∘ ∘

거리두기하느라 귓속말은 좀 찜찜하다 보니, 큰 도화지를 동그랗게 대롱 모양으로 말아 '말 전하기 놀이' 시작!

귓가에 속삭인 '불고기'가 친구들을 거치고 거치며 '물고기'가 되는 놀라운 결과에 모두들 배를 잡고 깔깔 굴렀다. 포도가 도도가 되고 사자가 샤샤가 되는 마법! (앞니 빠진 갈가지들이 많아서일까?)

∘ ∘ ∘

오늘 수업 중.

"그림으로 그려도 되지만 글로 쓰고 싶은 사람은 물어보세요. 선생님이 어떻게 쓰는지 가르쳐줄게요."

"선생님. 쓰 어떻게 써요. 쓰?"

1학년 교사 5년 차쯤 되면 그냥 안 써주고 일단 물어봄.

"뭐 할 때 쓰?"

"알쓰카, 할 때 쓰요!"

(침묵)

"설마 알씨(RC)카?"

(격하게 고개 끄덕) 영어로 적어주니 버럭, 이게 뭐냐 하길래 얼른 사과하고 조용히 한글로 써주었다.

∘∘∘

오늘 '우리 가족'을 표현하는 '물고기 가족화'를 그리던 중, 신기한 점 발견.

우리 반에서 목소리 크고 자기 색깔 분명한 아이들이 그려온 물고기 가족화에는 자기 자신이 가장 큰 물고기로 그려져 있다!

보통 아빠나 엄마를 크게 그리는데, 자기 자신을 너무나 사랑하는 걸까? 아니면 집에서 천상천하 유아독존? 전자라고 믿고 싶습니다…….

∘∘∘

오늘 급식 디저트는 아몬드 쿠키였는데 견과류 알러지가 있는 우리 ◎◎이는 시무룩한 눈으로 친구들 식판만 물끄러미.

"◎◎이 디저트 못 먹어서 속상하구나?"(고개 끄덕끄덕)

영양사 선생님에게 달려가 어제 디저트로 나온 미니 바나나우유 남은 것 하나 얻어와 건네줌!

◎◎이의 신나 하는 미소에 나도 맘 편히 쿠키를 먹을 수 있었다.

교직생활 최대 위기를 맞았다!

세 명씩 신나게 주사위 놀이를 하는데 꼬꼬마 한 명 대성통곡. 자기 주사위 던질 때 친구가 "1 나와라, 1!" 외쳐서 진짜 1이 나왔다며 쟤가 마법 써서 일부러 1 나오게 해서 자기가 졌다며 서럽게 엉엉 움.

신이시여. 아무리 1학년이지만 저에게 진짜 이러시기예요? (울컥)

진짜 오늘 겪은 실화입니다……

° ° °

꼬꼬마 마법소년(?)은 주사위가 1이 나온 건 진짜 우연이라는 내 해명을 귓등으로도 안 듣고 발을 구르다 결국 긴긴 대치(?) 끝에 나와 친구에게 마지못해 사과를 하고 귀가. 집에 가서도 엄마에게 마법을 쓴(?) 치사한 친구에 대해 말하며 울분을 토했다고 한다. (걱정되어 어머니에게 전화했다 알게 된 사실.)

우리 마법소년. 빨리 크자!

° ° °

꼬꼬마 마법소년이 내일 학교 오기 싫다고 하면 안 되는데……

또래보다 조금 어리다 보니 감정 조절이 미숙하고 눈물도 많지만 사랑스러운 구석이 많은 여덟 살이라, 나와 대치하는 동안에도 은근히 내 기색을 살피는 걸 보고 웃지 않으려고 입술 꼭 깨물어야 했다. 요 녀석, 내일부터 특별캠프 입소다!

우리 둘 다 파이팅해야 한다! (의지를 다짐)

3월 18일

마법소년은 지난번 일 이후로 뭔가 느끼는 바가 있었는지 최대한 의젓(?)해지려고 애쓰지만, 그럼에도 불구하고 하루에도 몇 번씩 통통한 주먹을 불끈 쥐거나 눈물 그렁그렁. 그 모습조차도 웃기고 예쁜 걸 보니 이미 귀엽다 생각하는 순간 탈출구가 없다는 말은 진리임을 느낀다. 귀여우면 답이 없어!

∘∘∘

"줄넘기하러 나가자!" 환호성 속에 섞인 "나 줄넘기 못하는데……. (시무룩)"하는 말.

"얘들아. 너희들은 숟가락질 몇 살부터 잘했을까? 처음부터 하나도 안 흘리고 잘했을까? 줄넘기 잘하는 사람은 처음부터 착착 잘 넘었을까? 걱정 마세요. 선생님이 완전 잘 가르쳐줄 거야!"

투혼(?)을 불태운 오늘. 내 무릎에게 애도를 표한다.

매우 휘황찬란(?)한 핑크 드레스를 입고 등교한 꼬꼬마. 그 위풍
당당한 모습에 잠시 할 말을 잊었다.

"선생님! 저 오늘 생일이다요! (매우 기쁨)"

"오! 축하해! 너는 오늘 드레스 입어도 되지! 암! 그렇고말고."

아침에 꼬꼬마의 학교 가는 뒷모습을 착잡하게 쳐다봤을 보호
자님 생각에 잠시 숙연⋯⋯.

∘∘∘

세상 얌전하고 새초롬하게 생겼는데 웃음소리가 허허허허 세
상을 관조하는 너털웃음인 우리 꼬꼬마. 대화할 때마다 너의 모든
힘겨움을 이해한다는 듯한 꼬꼬마의 웃음소리에 뭔가 위로받는
느낌적인 느낌.

"선생님 힘들어요? 허허허허."

"아냐, 아냐. 하나도 안 힘들어."

"다행이에요. 허허허허허허."

뭐 이런 느낌? 생각하니 슬그머니 또 웃음이 나네.

∘∘∘

운동장에 나가 나무젓가락으로 땅에 그림 그리기 놀이를 했다.
다 그렸다며 날 데리러 온 꼬꼬마가 갑자기 눈빛이 마구 흔들렸다.

"선생님! 제 그림이 없어졌어요!! (울먹)"

"어디다 그렸는데?"

"분명 여기 그렸는데 사라졌어! 없어졌어! (나라 잃은 표정)"

나 진짜 마법 세계에 살고 있나 보다. 땅에 그린 그림도 없어져……. (체념)

° ° °

내 의자 뒤에는 작은 5단 서랍장이 있는데 그중 서랍 하나에는 아이들이 나에게 주는 기기묘묘(?)한 선물(?)들이 고이 보관되어 있다. 주로 색종이로 접은 작품들. 삐뚤삐뚤한 글씨로 쓴 사랑 고백(?) 쪽지. 캐릭터 그린 그림. 기타 정체를 짐작하기 힘든(?) 다양한 창작물들. 수줍게 건넨 그 선물을 받고 크게 기뻐하며 고맙다 하는 나를 보며 뿌듯해하는 꼬꼬마들. 그 안에 담긴 작고 따뜻한 애정.

3월 19일

폭풍 같은 한 주가 끝났다. 순식간에 지나간 느낌. 어라? 했더니 어느새 금요일 오후인 게 믿기지 않는다. 3주간의 입학 적응기간이 끝나고 내일부터 꼬꼬마들은 교과서를 받아 공부한다. 코로나

여파로 한글을 그리는(?) 아이들이 많은 듯. 하나씩 차근차근 가르쳐야지. 대장정의 길을 기운 내서 떠나보자.

그전에 일단 좀 쉬고. (기진맥진)

○ ○ ○

교장실, 교무실, 보건실, 체육관, 급식실, 도서관을 찾아 탐험을 떠나는 미션을 진행한 날! 손에 든 미션지에 도장을 다 받아오면 선물을 주겠노라 약속하며 네 명씩 팀을 짜줬더니 너무나 사이좋게 잘 다니며 도장 빵빵 찍어옴.

학교의 모든 선생님들과 교직원들 모두모두 즐겁게 적극 협조해주셔서 고마웠던 날.

학교 탐방 대모험을 떠나기 전 인사 예절과 네 명의 협동을 강조했더니, 학교 여기저기 쩌렁쩌렁 울리는 인사 소리, 친구 잃어버릴까 손을 꼭 잡고 다니는 모습(방역지침…… 눈 감아!), 기껏해야 3층까지 오르내리는 그 코스가 너희에겐 얼마나 흥미진진한 대모험이었을까. 발그레 빛나던 예쁜 볼과 반짝거리는 눈동자!

° ° °

급식시간에 체육 전담 선생님이 눈을 반짝이며 말했다.

"오늘 도장 찍어주는데 1학년 애들 정말 귀엽더라고요!"

옆에 있던 베테랑 6학년 선생님이 시크하게 말했다.

"한 시간 보니 귀엽지, 계속 봐봐라. 귀엽나."

옆에서 듣고 있던 나의 대답은 이랬다.

"왜요. 계속 봐도 귀여워요. 몸 힘든 거 생각 안 하면 세상 귀엽다고요!"(1학년 교사는 체력이 중요하다는 교훈)

° ° °

오늘 급식 받으며 밀려오는 피곤함에 나도 모르게 깊은 한숨을 쉬었더니 내 앞에 서 있던 꼬꼬마 왈, "선생님, 힘들어요? 오늘도 하얗게 불태웠어요?"

배식하던 조리사님들 한꺼번에 웃음이 빵!

"그래, 하얗게 불태웠어!"

씩씩하게 대답한 뒤, 나란히 앉아 사이좋게 밥 먹으며 에너지 충전.

° ° °

오늘 미션 수행을 위해 1학년 담임 모두 코스 곳곳에 위치 잡고 울뱅이(?)들을 중간중간 구출. 미션지 잃어버리고, 길 잃어버리고, 팀원들 잃어버리고, 교장 선생님께서 주신 사탕 잃어버리고…….
(그 끝은 눈물…….)
끝나고 급식 먹여 하교시킨 뒤 연구실에서 1학년 선생님들 다들 파김치 상태. 덕분에 주말 휴식이 꿀맛일 것 같다고 하는 당신들은 긍정왕!

° ° °

꼬꼬마들이 뭔가 어려운 일을 할 때 미간을 잔뜩 찌푸리고 끙끙 거리는 게 정말 기특하다. 어떻게든 해내려고 애쓰는 그 의지가 눈부셔서 나도 모르게 눈에 하트 백만 개. 결국 도움을 청하러 나와서 내 설명에 집중하며, 무의식적으로 "응, 응." 대답하는 그 반말까지도 좋다. 조금씩 조금씩 자라는구나. 멋지다.

° ° °

등굣길에 넘어졌다며 눈물 그렁그렁한 꼬꼬마의 무릎엔 아무

흔적이 없건만, 캐릭터 밴드 찰싹 붙여주니 안 아프다며 헤헤.

종이에 손이 베었다며 울상인 꼬꼬마의 손가락에서 핀 끝만 한 상처를 간신히 발견하고 캐릭터 밴드 감아주었더니 금세 안 아프다고 화색.

매년 캐릭터 밴드를 살 수밖에 없는 이유가 여기에 있다!

3월 22일

입학 적응기간 끝나고 오늘 첫 교과서를 받은 꼬꼬마들. 처음 받은 새 책 뒤에 끙끙거리며 이름 세 글자 정성 들여 쓴 뒤, "항상 어른들이 대신 해주던 일들을 혼자 하기 시작했으니 여러분은 진짜 초등학생이 되었어요!"라는 말에 왠지 모르게 자랑스럽게 어깨를 쫙 펴는, 한 달 차 1학년 스웩!

∘ ∘ ∘

벚꽃 피면 다 같이 이 노래를 부르며 구경 가자고 〈벚꽃팝콘〉 가르친 뒤에 추가로 내가 너무나 좋아하는 〈덜렁이와 개구쟁이〉(가사가 나의 취향 저격!)를 부르며 신나게 청소를 했다. 청소 내내 음악에 맞춰 엉덩이춤을 추는 흥이 넘치는 꼬꼬마들! 아이들의 짜랑짜랑한 목소리는 음이 안 맞아도 어쩜 이리 청량한지! 상습 성대결절 환자인 나도 슬그머니 동참하게 만드는 힘이 있다!

○ ○ ○

마법소년과의 일상은 비교적 순탄. 수업할 때 나 홀로 수다는 여전하나, "선생님은 좋은 사람이야!"라고 선수 치듯 큰 소리로 외쳐, 내가 잔소리할 타이밍을 놓치게 함. 헤어질 때 따로 나를 붙들어 세우고 꾸벅 배꼽 인사를 하여 나도 얼결에 꾸벅 맞절함. 뭐지? 밀당의 고수인가! 난 벌써 말려들어간 것인가!

마법소년의 매력에서 헤어나오지 못하고 있어!

○ ○ ○

올해 처음 1학년을 맡은 선생님. 열과 성을 다해 활동 설명을 자세히 했는데, 설명 끝나자마자 "어떻게 해요?"라고 물어본 애 이야기하며 허탈해함.

다년간 1학년을 한 선생님들은 그걸 듣고서 "그럴 수도 있지."라고 초연한 태도.

이에 충격받은 그 선생님, 영혼 없는 눈동자로 과자 우적우적. 이제 시작이야. 익숙해져요. (흐흐)

○ ○ ○

"선생님께 인사."

"안녕히 계세요!"

우렁차게 인사하고 우르르 달려나가는 꼬꼬마들 뒤통수에 대고 다급하게 외치는 나.

"☆☆아!! 책가방! 책가방 가져가야지!!"

태연하게 돌아와 아무 일도 없었다는 듯 가방 들고 사라지는 쿨한 녀석의 등짝에 허탈. 매일 반복되는 이 녀석의 건망증을 어찌할꼬.

3월 23일

오늘의 급식은 나물 비빔밥. 역대 최고 잔반량을 예감함. 서로 빈정(?)상하지 않으려 내 밥 열심히 퍼먹으며 쿨하게 손짓으로 급식 확인 마무리.

그래도 얘들아. 아예 비비지도 않고 하얀 밥만 골라 먹는 건 좀 아니지 않니?

평소에도 '싫어하는 음식도 한 번씩은 먹어보자.' 정도로 지도하지만 오늘은 씨알도 안 먹힘. 이 맛있는 걸 왜 안 먹니! (안타까움)

ㅇ ㅇ ㅇ

1은 이름이 두 개 있어요. 일은 1을 부르는 이름이고 하나는 몇 개 있는지 셀 때 쓰는 이름이에요. 사과 몇 개 먹을래? 할 때, 삼 개 먹을래요, 세 개 먹을래요. 뭐가 맞을까? 세 개요! 맞았어요!

5까지의 숫자를 가르치는 데 40분이 부족하다는 놀라운 사실을 다들 알까?

〈10의 노래〉를 신나게 부르며 마무리. 휴…….

∘ ∘ ∘

바깥 놀이를 하러 나갈 때마다 음식 냄새가 물씬. (급식 조리실 지나감)

우와! 맛있는 냄새 난다! 탕수육 냄새 나! 아냐아냐. 이건 치킨 냄새야! 우와 맛있겠다! 배고파!

내 뒤를 따라오며 열띤 급식 메뉴 맞히기 갑론을박.

넘 웃겨서 웃음 꾹 참음.

그날의 메뉴는 돈까스. 튀김은 튀김. 기름 냄새 맡는 개코 꼬꼬 마들! 자랑스럽다!

3월 24일

급식 배식 기다리며 쌀쌀함을 느낀 꼬꼬마.

"선생니임! 추워요오! (오들오들)"

옆에 있던 꼬꼬마 "야! 추울 땐 춤 춰!" (으응?)

그러더니 식판 든 상태로 개다리춤 시작.

급 하나둘씩 식판 들고 다리 달달 떨며 개다리춤 동참.

단체 개다리춤에 조리사님들 빵 터짐. 아! 영상 찍을걸! (아쉽)

∘ ∘ ∘

오늘 등교하자마자 대성통곡했던 꼬꼬마가 있었다.

"어… 엄마가… 으허어엉… 주… 줄넘기… 으흑. 치마를… 끄어엉……."

알고 보니 오늘 줄넘기라 선생님이 편한 옷 입고 오랬는데 엄마가 원피스 입혀줬다고! 자기 오늘 줄넘기 못 하면 어쩌냐며 통곡하는 거였다. 아이고, 줄넘기 당연히 할 수 있지요! 다독다독 달래고 코 팽 풀고 진정시킴.

1학년이네, 1학년이야!

3월 25일

오늘의 그림책은 백희나 작가님의 〈알사탕〉.

아빠 속마음이 쓰여진 페이지를 읽어주기 전, 큰 숨 한 번 들이마시고 각오를 다진 뒤 엄청 빠른 속사포 랩으로 쉴 틈 없이 읊어줌.

애들이 "우와!" 하며 박수를 쳐줬다! (올해 유독 숨이 찬 거 보니 노화를 실감함) 나만의 알사탕 그려오기를 과제로 내줬는데 내일 매우 기대가 된다!

° ° °

아토피가 심해 손등이 거북등처럼 꺼칠한 우리 꼬꼬마. 자꾸 손을 감추길래 볼 때마다 손을 꼭 잡고 "우리 ○○이 손 왜 이렇게 작고 귀엽지? 선생님은 ○○이 손 잡는 거 넘 좋다야." 눈 맞추며 이야기해줬는데, 오늘 갑자기 귓속말로 속삭여준 말에 가슴 찡.

"선생님, 지구만큼 사랑해요."

지구만큼이라니……. 그 엄청난 사랑을 내가 받아도 되겠니.

③ 월의 알림장

저는 엄격한 선생님입니다. 물론 이렇게 말하면 같은 학년 선생님들이 빵 터지시긴 하지만 적어도 저는 제가 엄격한 선생님이라고 생각합니다. 엄격하다는 것이 단순히 아이들을 엄하게 대하는 게 아니라고 생각하기 때문입니다.

아이들에게 원칙을 가르치고 왜 그렇게 행동해야 하는지 납득시켜, 말과 행동이 그 원칙에 맞게 나올 수 있게 가르치는 것이 제 일입니다.

교사의 권위를 이용하여 무조건 지시하는 것이 아니라 아이들의 이야기를 경청하고, 어떤 어려움이 있는지 살펴보고 도와줘서 바르게 성장할 수 있게 하려면, 교사가 엄격한 원칙을 가지고 아이들과 교사 스스로를 대해야 합니다.

그래서 아이들이 '우리 선생님은 믿을 수 있는 어른이고 그러니 선생님이 하시는 말씀을 잘 따라야 한다'라고 자연스럽게 생각해주기를 원합니다.

함부로 약속하지 않고, 입밖으로 내뱉은 말은 최선을 다해 지키며, 아이들을 하나의 인격체로 존중하기 위해 노력합니다.

제가 아이들을 대하는 태도가 아이들이 타인을 대하는 태도의 바탕이 될 수 있도록 일상생활 속에서도 열심히 가르치고 있습니다.

아이는 어른의 거울이라고 하죠. 아이들이 쓰는 말투, 아이들이 하는 행동. 가만히 관찰해보면 부모와 교사의 말투와 행동에 영향을 많이 받았다는 걸 알 수 있습니다.

아이들의 멋진 성장을 위해 가정에서, 학교에서 생활 속 배움이 일어날 수 있도록 우리 모두 노력해야겠습니다.

봄 햇살 찬란하여 교과서에 있는 운동장 놀이를 하기에 딱 좋은 날씨. 마무리 활동으로 아무도 없는 운동장 한 바퀴 천천히 돌고 오랬더니 질주(?)하고 와서 숨 헐떡이며 "선생님! 창자가 터질 거 같아요!!"라고 한 꼬꼬마.

얘야, 보통 심장이 터질 거 같다고 하지 않니? (오늘도 내면의 대폭소)

∘ ∘ ∘

오늘 메뉴 돈까스. 손가락 운동 및 심호흡 후 우리 반 아이들 모두의 돈까스를 빛의 속도로 잘라줌. 옆 반 앞니 빠진 갈가지(?)들이 젓가락에 돈까스 꿰어 뜯고 있다가 부러운 듯 쳐다보길래 그 반 돈까스도 잘라줌.

돈까스를 잘 먹이겠다는 나의 의지가 빛을 발한 날. 급식을 강요하진 않지만 맛있게 잘 먹을 수 있도록 해주고 싶다!

∘ ∘ ∘

무관심과 귀찮음, 방임과 방치를 강하게 키운다는 명목으로 정당화하는 것을 보면 화가 난다. 강하게 키운다는 건 아이에게 충분한 준비의 시간을 가질 수 있게 돌본 뒤, 도전할 수 있는 기회를 주고 그 과정에 관심을 갖고 응원하는 것이다. 그냥 아무렇게나 막

던져놓고 강하게 키운다고 하지 마! 진짜 화나니까! 부모 자격 시험을 봐야 한다, 정말.

◦ ◦ ◦

아침에 가디건을 입으며 나는 예감했지.

교실 문을 열자마자 내가 듣게 될 말을…….

아니나 다를까. 드르륵 문 열고 애들과 눈이 마주친 순간

"무당벌레다!"

"와, 선생님! 레이디버그 옷이에요?"

알아! 안다고 이 녀석들아! 3년째 듣고 있다! 이 옷 입는 날마다! (울컥)

3월 27일

만성피로 증상이 심상치 않아 근처 명의로 유명한 한의원 방문. 진맥 짚자마자 줄줄 쏟아내시는 내 성격(?)과 몸 상태를 듣고, 사주 보러 점집 온 줄 알았다.

완벽주의자＋일 중독자＋박애주의자 조합은 과로사하기 딱이라며, 일을 줄이라고 하심. 아니 한의사 선생님, 1학년 담임에게 3월 과로사 위협은 넘 현실감 있는 거 아닙니까? (눈물 글썽)

학년 초 1학년 선생님들이 화장실 갈 시간도 없는 이유는 쉬는 시간에도 혹시 사고 날까 봐 교실을 못 떠나서다. 어차피 교실에 있는 김에 돌아다니는 꼬꼬마들 하나씩 붙들고 수다 떠느라 그런 것도 있다. 소소한 대화를 통해 아이에 대해 좀더 잘 파악할 수 있고 이를 기반으로 생활과 학습지도에 디테일을 더할 수 있기 때문. 등교부터 하교까지 너희들은 나의 밀착 마크 대상이야!

3월 29일

코로나로 인해 최대한 거리두기를 하여 책상을 흩뿌려(?) 놨더니 꼬꼬마들 팽이 돌릴 공간도 없다(한숨). 그나마 칠판 밑에서 내 책상까지의 자리가 널찍하여 놀이 공간으로 제공했더니 쉬는 시간마다 귀가 따갑다. 심지어 내 자리를 점점 침범. 팽이 소년들 사이에 갇혀 오도 가도 못함. 애들아, 적어도 내가 화장실 갈 길은 좀 확보해다오.

∘ ∘ ∘

오늘 우리 반 유행(?) 놀이는 '부채 장수(?)'였는데, 색종이로 색색 가지 부채를 접어 진열해 놓고 부채 사라고 열혈 영업.

"이 빨간 부채는 얼마인가요?"

"선생님은 특별히 쿠폰을 줄게요!"

우와! 신나서 부채 하나 얻었는데 알고 보니 다른 손님들도 다 쿠폰을 줌! 이 정도면 판매가 아니라 무료 나눔 아닌가? (갸우뚱)

○ ○ ○

국어 시간에 동네 친구 이름 쓰는 활동. 전학 온 지 얼마 안 되는 꼬꼬마가 자기 친구는 다 먼 데 있다며 시무룩. "■■아, 그 친구들 이름 써도 돼. ■■이 마음속 동네에 그 친구들이 계속 있으니 동네 친구나 마찬가지야!"

그제야 씩 웃으며 삐뚤빼뚤한 글씨로 열심히 적고 그 친구에 관한 이야기 조잘조잘. 잘 자라고 있어!

○ ○ ○

우리 반 꼬꼬마들은 집에 가기 전, 노래를 부르며 '쓰레기 사냥꾼(자기 자리 청소)'을 하고 다 끝나면 마무리 의식(?)처럼 〈덜렁이와 개구쟁이〉를 부르는데 오늘은 너무 우렁차서 복도에서 다른 반 애들이 구경함⋯⋯.

"함께 살아가는 마음 간직하면 큰 사람이 된다셨죠."

가사 너무 좋잖아? 내가 최고 아끼는 노래일 수밖에 없다!

3월 30일

이 바닥(?)에서 닳고(?) 닳아서 그런가, 눈앞에서 무슨 일이 벌어져도 어지간해서는 놀라지 않는 강심장이 되었다. 꼬꼬마들 중 가끔 소리 지르고 바닥 구르는 캐릭터가 나타나는데, 눈 하나 깜짝 안 하고 태연하게 상황 수습.

애들도 나의 프로페셔널함(?)을 귀신같이 알아차리고 대충 견적(?) 내본 뒤 빨리 접은 듯도 하다. (그러니 제발 그만 좀 바닥 굴러라……)

° ° °

마법소년은 그동안 잠잠한가 싶더니 오늘 '텔레파시 게임'을 하다가 분노 대폭발! 소리 지르며 울고불고 바닥을 굴렀다.

왜 나는 텔레파시가 안 통하냐며! 하나도 안 맞았다고!

아, 드디어 그 기술을 쓸 때가 온 것인가!

조용히 다가가 가방을 집어 들고 아기들이나 하는 행동을 교실에서 하는 걸 보니 선생님은 믿을 수가 없다며 계속 이러면 집에 갈 수밖에 없다고 단호히 이야기함.

이렇게 소리 지르며 울고불고하는 학생은 1학년 교실에 있을 수가 없고 지난번에 이미 충분히 설명했으니 집에 데려다주겠다고 차분하게 말함.

3월

◆

071

그런데 갑자기 눈물을 쓱 닦고 잘못했다고 말한 뒤 자리에 앉는 게 아닌가!

나도 내심 당황함. 이렇게 빨리? 그러나 내색하지 않고 알았다며 너에게 기회를 다시 준다 하고 마무리.

그 뒤로 갑자기 뭘 열심히 하더니 집에 갈 때는 또 엄청 사랑한다고 나에게 하트를 날리고 감.

헷갈리게 나한테 왜 이러세요, 이 꼬꼬마야!

지난번 두 시간의 밀당을 통해 나에게 이런 게 안 통한다는 걸 빨리 깨달아서 이러는 거라면, 넌 갱생(?)의 여지가 있는 멋진 꼬꼬마다!

° ° °

그동안 교실에서 말을 거의 안 하던 극내향인 꼬꼬마가 긴장된 손을 꼬물짝거리며 자발적(!)으로 대화(!)라는 것을 시도한 역사적인 날!

"선생님, 향유고래 똥 알아요?" (긴장한 목소리로 랩하듯 속사포로 질문)

응? (잠시 당황) 머릿속 물음표를 일단 지우고 "우와! 그게 뭔데?" 온 얼굴로 나는 네가 할 말이 너무나 궁금하다는 리액션 구사!

5분 뒤 난 향유고래 똥 전문가가 되었음. (감탄 그리고 왠지 모를 감동)

"선생님. 어제 언니랑 합체(?)해서 잤더니 아침에 발이 넘 아팠어요."(합체? 아, 언니한테 눌렸나 보군.)

"이런, 아팠겠다. 지금도 아파?"

"네, 엄마가 선생님한테 봐달라 그러랬어요."(응?)

조그만 발을 손에 쥐어 꼭꼭 주물러주니 이제 안 아프다며 방긋. 엄마가 왜 나에게 보여주라고 했는지 알 것 같은 느낌적인 느낌. (하하)

3월 31일

재작년 우리 반이었던 꼬꼬마(이젠 3학년이니 더 이상 꼬꼬마가 아닌가?)가 책상 위에 편지를 놓고 간 지 일주일. 오늘 그 어머님이 전화하셔서 몹시 조심스럽게 물어보심. ♣♣이가 선생님이 편지 받으셨는지 넘 궁금해한다고.

아이고야, 3월의 1학년 담임은 뭐든지 깜빡깜빡.

잘 받았다고, 고맙다고 전해달라고, 덕분에 어머님 목소리도 한 번 듣네요, 웃으며 잘 마무리.

유난히 불안감이 높은 ♣♣이를 1년 내내 괜찮다 다독이며 지냈던 그 시간. 이젠 깔깔 웃고 뛰어다니는 보통의 아이가 되어 기억 한켠에 내 자릴 만들어줬구나. 조금씩 제자리를 찾아가며 채워지고 자라는 모습을 보면 새삼 심장 언저리가 따끈해진다. 너는 언젠간 날 잊겠지만 괜찮아, 내가 기억할 테니.

그러다 오밤중에 갑자기 든 생각. 뭔가 지금 ♣♣이 3학년 생활이 힘든가? 갑자기 내 생각이 나게 된 계기가 있나? 그냥 날 기억하지 않아도 좋으니 아이가 살아가는 매 순간이 소소하게 행복하여 옛 시간을 되돌아볼 겨를도 없었으면 좋겠단 생각이 든다. 에잇. 걱정을 사서 한다, 사서 해. 자자!

。。。

1학년 아가들 발바닥엔 무형(?)의 스프링이 달려 있다고 확신한다. 그렇지 않다면야 어떻게 걸음걸음이 저리도 통통 튈 수 있단 말인가!

"걸어가세요. 뛰지 마세요."라고 하루에 백 번씩 말해도, 걷긴 걷되 경쾌하기 그지없는 통통 튀는 발걸음. 저절로 뒤꿈치가 들썩이는 여덟 살 꼬꼬마들.

그래, 그럴 나이다.

급식 먹고 교실로 갔는데 먼저 먹고 올라간 꼬꼬마가 구르듯이 달려나와 날 붙들고 대성통곡하여 가슴 철렁!

"왜? 무슨 일이야!"

"꺼흑… 흑흑……. 제… 패…팽이가… 사물함 뒤에… 끄흑, 빠졌어요." (눈물범벅)

안도의 한숨을 쉬며 "♡♡아, 그런 건 선생님이 얼마든지 해결해 줄 수 있어. 울 일이 아니에요!" 괴력(?)을 발휘하여 사물함을 들어냄. 사물함 뒤엔 문제의 그 팽이와 작년 꼬꼬마가 떨군 팽이까지 있어서 둘 다 주워줬더니 눈물꼬리 매달고 활짝 웃는 ♡♡이. 마무리되어 집에 가는가 싶더니 다시 교실로 돌아와, "선생님 얼굴이 보고 싶어서 다시 왔어요." 날 꼭 안아주고 감. 팽이가 진짜 소중했나 보구나. 그 짧은 시간에 지옥과 천국을 왕복한 여덟 살 인생이라니.

∘∘∘

"선생님! 오늘 공부 진짜 잼있었어요!"

잔뜩 흥분한 얼굴로 인사하고 하교한 꼬꼬마들. 친구랑 친하게 지내기 공부를 하느라 오늘 술래잡기부터 시작해서 온갖 놀이의 대향연을 펼쳤다. 글씨 안 쓰면 공부 안 하는 것인 줄 알던 꼬꼬마들이 잘 노는 것도 공부라는 걸 배우고 있다! 1학년은 공부하며 놀고 놀며 공부하는 게 당연한 거란다!

3 월의 **알림장**

　아이들의 발걸음은 항시 경쾌해서 그냥 걷는데도 어딘가 모르게 통통 튀는 리듬감이 느껴집니다.

　예전에 그런 얘기를 들은 적이 있어요. 무서운 영화를 찍으며 아이들이 도망가는 장면을 찍는데, 아이들이 뛰면서 자꾸 웃어서 촬영에 어려움을 겪었다고요. 저절로 뛰게 되고 저절로 웃게 되는 아이들의 성향이 얼마나 자연스러운지요.

　더운 여름과 추운 겨울을 피해, 봄가을에는 신체활동을 많이 할 수 있는 기회를 짬짬이 만들어주고 있습니다. 많이 움직이는 만큼 잘 먹고 몸과 마음이 건강해지길 바라는 마음이에요. 집에서 줄넘기 줄을 하나 마련하여 아이들이 줄넘기 운동을 할 수 있도록 해주시는 것도 좋겠습니다.

　금세 더워질 것 같아요. 좋은 날씨를 맘껏 누릴 수 있는 여덟 살의 봄이 되길 바랍니다.

4월

여덟 살이 배워야 할 가치

친구에 대해 알아보는 공부 시간. 한 번도 말 안 해본 친구에게 설문지에 있는 질문하기. "넌 이름이 뭐니? 무슨 색깔을 좋아하니?" 이런 질문을 던지는데 어찌나 진지하게 묻고 답하는지 입사 면접인 줄 알았다. (하하) 삐뚤빼뚤 친구 이름을 적어가며 모르는 글자를 서로 가르쳐주는 그 분위기가 너무나 보드라워 한참을 넋 놓고 감상.

° ° °

등교하는 아이들과 인사 나누며 아이들을 살펴보는 아침맞이 시간.

아토피가 심한 ○○이가 오면 슬그머니 자운고를 꺼내 손 마사지를 해주며 안부를 묻는데 그걸 본 다른 꼬꼬마들, "○○이는 손이 왜 그래요?" 묻는다.

한 달 사이 당당해진 ○○이가 "난 아토피가 있는데 크면 다 낫는대!" 이때다 싶어 얼른 맞장구치며 손 마사지 부러워하는 꼬꼬마들 손등에도 한 번씩 발라줌! 다들 좋아해서 나도 좋다.

° ° °

목요일인데 몸 상태는 금요일이라, 수업 다 끝난 뒤 손 씻고 급식실 갈 준비를 하며 나도 모르게 혼잣말.

"아, 오늘 왜 이렇게 힘들지."

줄을 서 있던 의젓한 꼬꼬마 왈,

"선생님이 우리를 가르치느라 힘든 거 아닐까요?"

나도 모르게 빵 터짐. 우문현답이네. 사실은 선생님 체력이 저질이라 힘든 거 같아, 라고 말 못 한 내 심정.

∘ ∘ ∘

쉬는 시간마다 아이들과 스몰 토킹을 하면, 여러 명이 동시에 말하기 일쑤. 그럴 때마다 양쪽 귀로 각각 다른 이야기들을 듣고 각각 대답해주는 초인적(?)인 능력을 발휘하게 되는데, 여기서 포인트는 모두 다 선생님이 자기에게 집중하고 있다고 생각하게 만드는 데 있다. 가끔 몸이 여러 개면 좋겠단 생각이 드는 순간.

4월 3일

딱지 접기 대장정은 험난했지만, 알록달록 딱지들로 미술작품도 꾸미고 딱지 또 만들어도 되냐는 허락을 구한 뒤 양껏 만들어 부자가 된 듯 주머니 가득 넣고 귀가하는 꼬꼬마들은 사랑스럽다. 다음주부터 블럭 팽이에서 종이 딱지로 유행이 바뀔 거라는 데

500원 건다. 5년 내내 변함없는 1학년 교실 놀이 트렌드!

4월 5일

각종 매체에서 '~린이'라는 표현을 쓸 때마다 묘하게 기분이 나쁜데, 단순히 초보자라는 개념으로 다뤄진다기보다, 미숙하고 뭘 잘 모르는 어리숙한 존재로 지칭하는 듯한 느낌이 강해서이다. 어린이는 끊임없이 성장하는 현재진행형의 존재이며, 저런 개념으로 소비할 만큼 만만한 존재가 아니란 말이다! (분노)

∘ ∘ ∘

1년 내내 선생님 따라 하라고 주문처럼 무한 반복하는 말들이 몇 가지 있는데, 대표적인 것은 이거다.

"내가 듣기 싫은 말은 남에게도 하지 말고, 내가 싫어하는 행동도 남한테 하지 않기."

사실 이것만 잘 지키면 교실에서 싸움 날 일이 없다. 그뿐이냐! 남북통일, 지구 평화, 아니, 우주 평화 매우 가능!

∘ ∘ ∘

월요일 아침 열기 시간. 주말에 뭐 했는지 이야기 나누다, 꼬꼬마들이 묻는다.

"선생님은 뭐 하셨어요?"

아! 선생님은 침대에 가만히 누워서 에너지를 충전했어요. (차렷자세로 누워 있는 흉내 냄)

"침대가 충전기예요?" (쑥덕쑥덕)

얘들아, 충전이 필요 없는 시기를 누리렴. 너희들은 내 마음 몰라……. 퇴근과 동시에 소파에 누워 또 충전.

˚ ˚ ˚

급식 먹다 옆에 앉은 꼬꼬마가 "선생님은 집에 가면 뭐 해요?" 묻길래 "어, 선생님은 주로 누워 있어." 아무 생각 없이 바로 대답했다. 밥 먹던 주변 애들이 아침에 내가 한 말이 생각났는지 빵 터짐. 아…… 잠시 부끄러워서 자아 성찰. 그러나 퇴근과 동시에 대부분 누워 있는 게 사실인지라……. 운동해야 하는데, 생각뿐이다.

˚ ˚ ˚

보호자님들이 제일 걱정하는 건 아이의 교우관계, 사회성.

놀랍게도 집에서는 철부지 어린아이라 걱정하지만, 아이들도 학교에 오면 어엿하게 자기 몫을 해내려 애쓰는 사회인(?) 모드라는 사실을 대부분 모르심. 여덟 살들에게도 나름의 소셜 포지션(?)이 있답니다!

오늘 학부모 상담 일곱 명. 상담할 땐 몰랐으나 집에 와서 파김치. 누군가의 이야기에 집중하고 공감하고 대안을 제시하고 함께 고민하는 그 모든 시간이 녹록지 않다. 아이를 귀하게 여기는 마음으로 공감대를 만들고 그 위에 이해와 협조와 다짐을 쌓는 과정. 이번 상담은 잘 듣는 경청의 시간으로 만들자.

∘ ∘ ∘

잘못했을 때 거짓말하지 마세요. 여러분이 사실대로 솔직하게 이야기하면 선생님은 괜찮아, 다음부터는 그러지 말자, 하고 1초 만에 쿨하게 넘어갈 거지만, 변명하거나 남 탓하거나 내가 한 게 아니라고 거짓말하는 순간 일이 아주(눈 크게 뜨고! 강조) 복잡해집니다. 그때가 되면 솔직하게 말하는 게 얼마나 좋은 건지 깨닫게 될 거예요.

매일 주문처럼 아이들에게 하는 말.

4월 6일

"선생님, 안아줘요."

갑자기 ♡♡이가 쓱 다가와 안김. 우리 ♡♡이 무슨 일 있어요?

친구랑 속상한 일 있었어? (고개 도리도리) 어디 아파요? (도리도리) 왜 안아달라고 할까?

"추워요, 선생님. 선생님이 안아주면 따뜻해요. 헤헤."

앞니 빠진 얼굴로 말갛게 웃는 ♡♡이의 난로가 잠시 되어주었던 1분.

∘ ∘ ∘

어제 한 '거짓말하지 마세요' 트윗이 엄청나게 리트윗되며 거기에 정직하게 말했다가 피 본 본인 경험담을 많이 인용하신 것을 발견. 저기… 어제 그 트윗은 제가 초등 1학년 꼬꼬마들에게 하는 말인데 여덟 살에게 당연히 그렇게 가르쳐야 하지 않을까요? 적당히 상황에 맞게 뻥 치고 넘어가라고 가르칠 수는 없지 않습니까?

음…… 이 글을 읽는 어른 여러분? 제가 초등학교 1학년 우리 반 꼬꼬마들에게 한 이야기인데, 여기에 어른(?)의 경험을 대입해서 화를 내시면 안 됩니다……. 여덟 살에게 정직함을 가르쳐야지 변명과 뻔뻔함을 갖추라고 할 순 없잖아요. 다들 진정하세요…….

○ ○ ○

꼬꼬마 한 명이 갑자기 우웩! 토했다. (마스크 안+옷+교실 바닥 3단 콤보) 급하게 화장실 데려가 마스크 벗기니 바닥에 2차 우웩. 교실로 뛰어가 물티슈 잡아채서 돌아가니 애가 바닥에 쓰러져 있어서 진심 심장 덜컹. 다행히 의식 있고, 토하다 진이 빠져 누운 거였음. 그 몇 초간 온갖 생각 다 들고 넘 무서웠다.

진짜 이런 일 겪을 때마다 공부고 뭐고 건강한 게 최고라는 생각을 안 할 수가 없다. 아이를 보건 선생님께 인계하고, 교실 바닥이랑 화장실 바닥 닦고, 다른 꼬꼬마들 진정시키고, 보호자 와서 설명하고, 그 모든 과정을 마친 뒤 너덜너덜한 상태로 보호자 상담 전화까지 모두 클리어한 뒤 퇴근. 엄청난 하루였다. 미동도 없이 누워 충전.

○ ○ ○

수학 시간. 수의 순서 배우며 '눈치게임'을 가르쳐줬는데 꼬꼬마들 엄청 깔깔 대흥분! 대부분 1, 2, 3을 못 넘기고 동시에 벌떡 일어나는 일들이 생기지만 너무나 즐거워함. 몇 번 돌아가면서 하더니 요령 터득한 꼬꼬마가 갑자기, "아! 이래서 눈치게임이라고 하는구나!"라고 깨달음의 탄성을 내지름. 나도 모르게 빵 터졌다. 이제 알았구나!

4월 7일

내 업무폰 요금제는 한 달에 문자 2천 건 무료. 순전히 날 위해 집착 돋게(?) 보호자님께 문자를 보냄. 친구 사랑편지 안 써오면 편지 못 받는 꼬꼬마가 속상해할 게 신경 쓰여, '밴드'에 썼는데도, 저녁때 편지 꼭 써오라 문자 보내고, 아침에 가방 속 편지 꼭 챙기라고 문자 보내는 광기 어린(?) 담임. 나야, 나.

。。。

똑같은 말 100번 할 각오하고 1학년 왔음에도 불구하고 애들이 계속 모른다 해서 화나고, 또 화난 자신에게 실망한다는 동학년 선생님. 똑같은 말 무한 반복하면 교사도 지치는 게 당연. 연속해서 하는 게 아니라 중간중간 포인트만 짚어서 상기시키고 강조하고 입으로 따라 하게 하고 손 들어서 확인하는 복합적인 방법을 써야 아이들도 살고 선생님도 산다. 선생님도 사람이니까!

상담 시 보호자님이 하고 있는 아이에 대한 걱정을 듣고 아이에 대한 파악이 부족해 얼버무렸다며 자책하는 동학년 선생님에게 그분이 듣고 싶은 말은 "그런 부분이 걱정되셨군요. 제가 더 세심하게 살펴 지도하겠습니다."라는 말이니 앞으로 더 관심 가지고 지도하면 된다고 위로해주었다. 문제 파악도 중요하지만 해결 의지가 더 중요한 것이 아닐까? 그리고 한 달 만에 아이를 파악하는 건 어지간한 경력이 아니고서야 힘든 게 사실.

　　　　　　　　　　° ° °

　　아동학대 예방교육을 하면서 신체학대, 정서학대, 성적학대, 방임 등을 아이들 눈높이에 맞춰 설명하는 게 매년 힘들다. 너무 자세히 하면 아이들이 겁을 먹고 너무 두루뭉술하면 이해하지 못함. 이런 교육 자체가 필요 없는 세상, 오긴 올까? 엄마한테 등짝 맞은 얘기를 종알거리며 이것도 신체학대냐고 묻는 저 해맑음을 어찌할꼬.

　　　　　　　　　　° ° °

　　친구 사랑의 날을 맞아 집에서 곱게 써온 편지(를 가장한 간단한 메시지)를 서로 고마워하며 기쁘게 주고받는 와중 유독 기뻐 보이는 꼬꼬마 하나 발견. 받은 편지에 텐텐(꼬마 비타민 사탕) 한 개가

정성스레 테이프로 꼭꼭 붙여져 있었음. (하하)

'어휴, 내가 왜 저 생각을 못 했지?' 하며 아쉬워하는 꼬꼬마들 표정에 빵 터짐.

역시 먹는 게 최고!

∘ ∘ ∘

〈민들레는 민들레〉 책을 읽은 다음, 민들레 노래를 부르고 밖에 나가서 민들레를 직접 관찰했다. 교실로 컴백하여 노란 유산지와 색종이 접기로 민들레꽃을 만든, 민들레투성이 하루. 쨍쨍한 아이들의 노랫소리와 한껏 쾌청한 하늘과 따뜻한 햇살이 잠시나마 마음 한켠을 데워주었던 봄날의 일상.

∘ ∘ ∘

급식실 줄 서는데 "코피 나요!" 소리. 마스크 벗겨보니 이미 피

범벅. 애들 옆 반 선생님에게 맡기고 보건실 종종걸음. "보건실 이틀 연속 출근이시네요." 보건 선생님이 어제 내 얼굴 새하얗게 질린 거 보고 걱정했다며 말씀을 건네심. 괜찮다고 대답하고 꼬꼬마 수습하여 컴백. 정작 내 옷에 피 묻은 건 나중에 발견. 아이고야, 안 지워지겠네.

4월 8일

아토피 친구 손을 괴물 같다고 놀린 게 맘에 걸렸던 까칠 꼬꼬마는 아침에 핸드크림을 나에게 내밀며 ○○이에게 대신 좀 전해달라 부탁. "미안한 마음은 직접 전하는 거야." 까칠 꼬꼬마 격려하니 직접 용기 내어 전달. ○○이는 어리둥절하다 한껏 기쁜 얼굴로 고맙다고 인사. 둘이 손잡고 도서관 다녀옴.
　너네 참 예쁘다. (흐뭇)

마침 오늘 까칠 꼬꼬마 상담날이라 어머니와 통화. "○○이에게 그 말을 한 일로 선생님과 얘기 나누고 오더니 집에 와서 저에게 핸드크림을 사달라고 그러더라고요. ○○이 손에 발라주고 싶다고요." 까칠하지만 속정 깊고 감수성이 풍부한 우리 꼬꼬마. 어쩜 이리 멋지니. 새삼 반했어.

어쩌다 보니 오늘 상담은 내향적인 꼬꼬마들 위주로 짜여졌는데, 얼마 전 향유고래 똥으로 날 빵 터지게 했던 우리 ☆☆이. 조심성 많고 쉽게 새로운 것을 시작하지 않는 아이가 엄마에게 직접, 미술 학원을 다녀보겠다고 했단다. "괜찮겠어?" 물었더니, 씩씩하게 "엄마! 뭐든 일단 해보는 거야!"라고 말했다는 소식에 가슴 찡.

☆☆이에게 항상 괜찮아. 못해도 돼. 일단 한 번 해보기만 해도 대단한 거야. 지금 할 마음이 안 들어? 그럼 나중에 해도 괜찮아. 이런 이야기를 줄기차게 했던 지난 한 달의 시간이 ☆☆이에게 새로운 세상으로 한 발자국 내디딜 마음이 생기도록 한 걸까. 아이들은 이토록 조금씩 확실하게 자라는구나. 멋지다.

○ ○ ○

마법소년 어머니와의 상담도 정말 웃겼는데. 아이가 그날 이후로 갑자기 태세를 전환(?)하여 나에게 거침없는 애정 표현(?)을 하기에 옳다구나! 하며 어화둥둥 급 절친 모드로 잘 지내는 요즘. 우리 마법소년이 그렇게 집에 가서 내 칭찬(?)을 한단다.

어머니랑 둘이 "우리 @@이가 사회생활 좀 하네요." 하며 서로 크게 웃음.

오늘 학부모 상담 일곱 건이나 있었으나 가슴 벅차게 하는 따뜻한 이야기들로 오히려 에너지가 충전되는 기분. 아이들 성향에 맞춰 조금씩 나눈 소소한 대화와 소통이 그 저력을 발휘한 느낌에 절로 투스텝을 밟으며 귀가했으나 집에 오자마자 다시 소파 귀신이 되어 가만히 누워 있는 건 안 비밀.

°。°

동학년 선생님들과 오후에 잠시 시간을 내서 학교 안 봄꽃들과 교문 밖 작은 공원 봄꽃들을 찾아다니며 사진 찍고 꽃 찾아보고 이름 외우며 내일 있을 봄 산책 수업 준비. 봄맞이꽃이라는 사랑스러운 이름을 가진 아주 작고 예쁜 꽃을 보며 가슴이 말랑말랑. 노오란 민들레와 완벽한 형태의 민들레 홀씨도 발견! 재빨리 사진 찰칵. 아이들 보여줄 생각에 설렘.

4월 9일

봄 산책 중 "연필이 없어졌어요!" 마법소년이 울먹이며 달려오고 내 머릿속에선 삐용삐용 사이렌 울림. 이건 자칫하면 크게 울음바다가 될 게 확실! 재빨리 "속상하겠다. 근데 다시 찾으러 되돌아갈 수 없으니 선생님한테 있는 '엉덩이탐정 연필'(강조)을 대신 주면 어떨까?" 급 울음 잦아듦. 오늘의 딜. 성공적.

∘ ∘ ∘

학교 근처 공원으로 봄에 볼 수 있는 동식물을 보러 나간 날. 개미를 잡은 꼬꼬마에게 죽이지 말고 놔주라고 다들 입을 모아 말리고, 꽃을 꺾지 말자는 내 이야기를 잘 지켜주어 꽃 주변에 옹기종기 모여 연신 예쁘다 감탄하는 꼬꼬마들. 생명을 소중히 여길 줄 아는 마음을 오래도록 간직하며 자라주렴.

∘ ∘ ∘

우리 반 꼬꼬마들 부모님과 모두 상담을 한 긴 일주일이 끝났다. 아이들에 대해 좀더 깊이 이해할 수 있었다. 대부분의 부모님들이 아이의 장단점을 잘 파악하고 계셨고 나의 조언을 구하셔서 함께 방법을 의논한 소중한 시간. 서두르지 말고 차근차근. 아직 많은 시간들이 꼬꼬마들에게 남아 있다.

정신 차리고 보면 또 한 주가 지나가 있습니다. 깜짝 놀라며 벌써 금요일이야? 하며 주섬주섬 한 주를 정리해봅니다.

오늘 꽃씨를 심을 때 바깥 넓은 공간에서 심었는데요. 다른 반 친구들도 함께 제 설명을 들었습니다.

한 달 반 동안 열심히 배우고 익힌 보람이 있었는지 우리 반 친구들 허리를 반듯하게 펴고 앉아서 초집중하는 모습으로 제 말을 귀 기울여 들었어요. '그 누구의 도움도 필요 없다!'라는 모드로 열정을 불태우며 집중해서 깔끔하게 꽃씨를 심고 교실에 들어온 우리 반 아이들에게 폭풍 칭찬을 해주었습니다.

생명존중 교육에 이어 꽃씨를 심고 싹이 트고 자라나는 것을 공부하는 일련의 과정이 하나의 커다란 주제로 이어지는 흐름을 만들고 있습니다.

학교에서 공부하는 것도 중요하지만 가정에서도 항상 아이들이 배우고 익힌 것들을 내면화할 수 있는 기회를 주시기 바랍니다.

우리가 인생을 살아가며 배우고 익혀야 할 대부분의 가치는 초등학생 때 배우게 됩니다. 그것을 내면화하는 것이 개개인의 몫이고, 가장 큰 축을 담당하는 것은 가정의 역할이라고 생각합니다.

　아이들이 배운 가치들이 제대로 지켜지고 아이의 인품에 녹아날 수 있도록 관심과 사랑으로 가꿔주시기 바랍니다.

잊지 말자. 아이들에게 항상 원칙을 알려주되, 지나치게 원칙에 매몰되지 않게 노력하고, 그 과정에서 아이에 대한 존중의 마음을 가지는 것. 단호할 땐 단호하되, 감정이 섞이지 않도록 경계하며 그 과정 내내 내가 너를 이해하려고 하고 있음을 보여주는 것. 무엇보다 아이의 마음을 한 번 더 헤아려보는 것.

∘ ∘ ∘

교실에서 아이들에게 큰 소리나 화를 내지 않은 지 꽤 된 것 같다. 그냥 시간이 흐르다 보니 자연스레 교실 분위기를 정돈시키고 문제를 일으킨 아이들과 조용히 대화로 해결할 수 있게 되었는데, 아이들의 잘못에 대해 이해의 폭이 넓어지면서, 감정적으로 동요하지 않을 수 있게 된 이후에 가능했던 것 같다. 물론 아직 가야 할 길이 멀지만 중간 정도는 온 듯.

∘ ∘ ∘

아이들에게 보상용 간식을 잘 안 주는 편. 주더라도 모두에게 똑같이 준다. 전부 다 워크북을 했을 때 일주일에 한두 번 정도, 성분 괜찮은 여러 가지 과일 맛 젤리를 골라 가져가게 하는데, 확인 도장 콩 받고 바구니를 휘저어 좋아하는 젤리를 골라 가는 꼬꼬마들의 웃음을 보는 즐거움이 있다.

진짜 똑 닮은 쌍둥이 꼬꼬마들을 구별하기 위해 애써봤으나 결국 포기. 상담주간에 물어봤을 때도 한 아이가 조금 더 볼이 통통하다라는 답. (볼 통통을 어찌 알아본담. 흑흑.) 고민 끝에 어머니께 머리핀이라도 다른 걸로 꽂아 보내달라고 요청. 아침에 재빨리 외우고 하루 종일 신경 써서 이름을 부르는 매일의 미션!

∘∘∘

"여러분, 우리 만들기 하느라 너무 늦어져서 오늘 급식 먹을 때 진짜 집중해서 열심히 먹어야 해요! 엄청 중요해요! 오늘은 느긋하게 먹음 안 돼!" 나의 심각한 어조에 저절로 진지해진 꼬꼬마들 "알겠어요!" 외친 뒤 진짜 너무나 진지하게 급식 흡입. 20분이나 늦게 갔는데도 제시간에 교실 컴백. 너네 진짜 짱이다!

° ° °

유난히 애기 같은 꼬꼬마 하나가 쉬는 시간에 와서 "선생니이이임~~ 있잖아요오~~ 제가요오오~~ 어제요오오~~"로 시작하는 꼬리에 꼬리를 무는 주말 리포팅을 하던 와중, 자기도 모르게 "엄마." 하고 날 부르고 순간 눈 데굴 굴림. 큭. 웃음 터져서 둘이 시원하게 붙잡고 웃음. 1학년 맡으며 비일비재하게 겪는 일.

° ° °

휴지심과 요구르트 병으로 개구리랑 꿀벌 만들기를 하는데 혼이 나갈 뻔했다. 진짜 교실에 스무 명만 있으면 개구리랑 꿀벌이 뭐야. 동물원 꾸미기도 할 수 있을 판! 그래도 제법 손이 야무져진 꼬꼬마들. 시간이 모자랄 줄 알았더니 어찌어찌 다 만들고 자기 자리 정리도 척척. 늦게 하는 친구들 쫓아가 야무지게 도와줌. 잘 컸다! (기특)

° ° °

애들한테 제일 많이 듣는 말 1위는 "선생님!"이지만, 2위는 아마도 "아, 맞다!" 여덟 살 꼬꼬마들이 뭘 그리 잘 까먹는지. 말만 하면 "아, 맞다!" 오늘은 "여기 이 칸은 왜 색칠 안 했어요?" 했더니 "아, 맞다!" 이러며 이마를 탁 치는 꼬꼬마 때문에 빵 터짐. 이마를 치는 액션이라니, 레트로야, 레트로.

4월 13일

내일 '봄이 반가워' 신체활동 수업 준비를 위해 1학년 선생님 모두 우르르 강당으로 가서 줄넘기 줄, 훌라후프, 고깔콘 등을 이용, 아이들이 콩콩 뛸 봄길(?) 만들기 시작. 젊은 선생님 둘이서 시키지도 않았는데 코스별 예시자료 동영상 촬영. 정말 멋진 선생님들이다! 아이들을 위해 최선을 다해 준비하는 것의 즐거움은 경험해본 자만이 알 수 있다.

수업할 때 그 주제와 관련된 그림책을 읽어주는데 아이들이 정말 집중을 잘해서 책 읽는 것만으로도 이미 좋은 수업을 한 느낌! 훌륭한 사서 선생님께 "이러이러한 주제를 다룬 책은 없나요?" 물으면 빛의 속도로 찾아서 1학년 연구실로 배달(?)도 해주심. 온 학교 선생님들이 우리 꼬꼬마들의 배움을 위해 열심이다!

∘∘∘

수학 시간에 눈치게임, 제로게임, 빙고, 숫자카드 게임 등을 하며 놀이 수학 클리어. 봄 통합교과 시간에 '몸으로 말해요' 게임으로 봄 동식물 표현 수업 클리어. 하루 종일 온갖 게임을 진행했더니 레크리에이션 강사 된 줄. 꼬꼬마들이 너무 재미있어해서 나도 오버했더니 집에 와서 꼼짝도 못 하고 두 시간 누워 있었다.

4월 14일

학교에 저경력 선생님들이 꽤 많이 계신데, 몇 년째, 업무로 날 찾아오면 오지랖 넓게 각종 업무를 알려(?)주는 속성 과외반(?)으로 이름을 날리고(?) 있다. 그 선생님들이 고맙다고 인사하면 난 꼭 이렇게 대답한다. 나중에 나이 들어서 내가 뭘 잘 모르고 못 따라가면 답답해하지 말고 잘 가르쳐달라고……. 꽤 진심이다.

이렇게 서로 배우고 가르쳐주는 선순환의 고리를 잘 구축해놓으면, 세월이 흘러도 서로 배울 점은 배우고, 가르쳐줄 것은 가르쳐주며 상생할 수 있을 텐데……. 경력 교사들은 자신의 저경력 시절의 막막함을 잊지 말아야 한다. 이제 막 교직에 발을 내디딘 선생님들의 시작을 조금이라도 수월하게 만들어주기 위해 마음을 다해야 한다.

∘∘∘

1학년 담임을 오래 하면서 깨달은 건, 아이들이 꼭 알아야 할 가치들은 무수히 반복하고 읊어줘야 한다는 것이다. 진짜 탁 치면 바로 나오는 수준으로. 오늘도 말싸움한 꼬꼬마들의 분쟁을 해결한 뒤, 모두에게 물었다.

"여러분, 내가 듣기 싫은 말은?" (귀에 손 대고 듣겠다는 포즈)

(즉시 합창) "남에게도 하지 않아요!"

한 달간의 세뇌교육(?)이 매우 효과적! (뿌듯)

∘∘∘

종이접기는 아이의 소근육 발달과 두뇌 발달에 매우 좋은 활동이라는 걸 나도 안다! 안다고! 하지만 딸기를 접는데, 꼭지 모양을 가위로 잘라주다 영혼 가출할 뻔! 꼬꼬마들이 날 위로한답시고 '삐뚤빼뚤 가위' 어디 있냐고 찾으러 다님. (하하) '핑킹가위'보다 더 어울리는 이름을 발견! 삐뚤빼뚤 가위라니! 천재다!

∘∘∘

"주문받습니다!" 쉬는 시간마다 카페 놀이에 심취하신 꼬꼬마들. 자꾸 뭘 주문하라고 한다. "선생님은 아이스 아메리카노!" 자기들끼리 쑥덕거리더니 색종이 접고 오리고 붙여서 그럴듯하게 만들어 옴! "선생님, 왜 안 마셔요?" (아…….) 후르르륵 소리까지 내며 마시는 흉내를 내니 만족하고 돌아간 꼬꼬마 바리스타들.

∘∘∘

"선생님, 있잖아요오……. (몹시 망설임)"
"왜? 무슨 일이에요?" 계속 머뭇거리던 꼬꼬마가 급 귓속말.
"어제 엄마가 빨간불인데 길을 막 건넜어요! 어떻게 해요!"
……어른 여러분. 여러분의 교통법규 위반이 꼬꼬마들에게 정신적 타격과 심리적 갈등을 유발하고 있다는 사실, 잊지 마십시오…….

∘∘∘

이젠 중앙현관까지 아이들을 배웅하지 않아도 되는데, 습관적으

로 꼬꼬마들 따라 슬렁슬렁 걸어서 내려감. 현관 앞에서 엄청 개인
적인(?) 인사를 나누고(교실에서 못 떠든 수다 타임) 책가방 출렁이
며 우당탕탕 뛰어가는 꼬꼬마들 뒷모습을 보며 손 흔들어 배웅. 터
덜터덜 교실로 돌아오면 그제야 비로소 뭔가 마무리한 느낌!

4월 15일

　옆 반 선생님 보호자가 전화해서 왜 우리 아들 이름을 불러 망
신을 주냐며(애가 한 달 내내 수업 방해함) 우리 애는 칭찬만 해주라
고, 지금 통화 다 녹음하고 있다고 소리 질렀다는 소식에, 동학년
선생님 모두 말문 막힘. 어디서부터 잘못됐다고 말해야 할지 모르
겠다. 그 아이는 앞으로 어떻게 자라게 될까…….

　그럼에도 불구하고 묵묵히 교실에서 아이들을 가르치고, 살아
가며 알아야 할 많은 것들을 찬찬히 익히게 하고, 아이들의 마음
을 보듬으며 좀더 나은 사회의 구성원으로 자라도록 자기 자리에
서 최선을 다하는 수많은 선생님들이 있기에, 아직은 상식과 비상
식이 구분되는 세상이 유지되는 것 아닐까.

○ ○ ○

　4교시 수업을 하는데 옆 반 꼬꼬마들이 복도를 떠들썩하게 만

듦. 애들에게 양해를 구한 뒤, 문을 열고 "복도에서 떠들면 안 되지!" 꽥 외치고 문을 닫고 나서, 우리 반 꼬꼬마들에게 자랑스럽게 말함. "선생님, 좀 무서웠지! (의기양양)" 애들 빵 터지며 "하나도 안 무서워요오오~" 일부러 시무룩한 표정을 지어줬더니 매우 즐거워하는 꼬꼬마들. 선생님 무서운 사람이야!

∘ ∘ ∘

내향형 꼬꼬마 소녀, 어제 떠들썩한 꼬꼬마 무리에 휩쓸려 본의 아니게 잔소리를 들은 뒤(그저 그 무리 전체에게 한마디 던진 것뿐이었는데…….) 집에 가서 선생님이 날 더 이상 좋아하지 않으면 어쩌냐고 대성통곡했다는 어머님의 조심스러운 문자. 아이고! 걱정 마시라고 답문자 보낸 뒤 하루 종일 열 번 안아주고 마음껏 애정을 표현하였더니 잘 해결되었다. 다행.

∘ ∘ ∘

꼬꼬마 고객님들께서 요즘 교실에 색칠공부 시리즈 업데이트가 더디다며 컴플레인! 어이쿠. 열심히 각종 색칠공부 시리즈 출력하여 벽걸이 파일에 착착 구분하여 넣어줌. 아아…… 쉬는 시간이 이토록 평화로울 줄이야. 각종 민원이 50% 줄어듦. 드디어 물도 한 모금 마시고 처음으로 화장실을 다녀와봤습니다.

🗨 월의 알림장

아이들과 저의 유대관계를 쌓고 있는 중입니다.

오늘 수업을 하다가 옆 반 친구들이 화장실을 이용하며 조금 소란스럽길래 아이들에게 양해를 구하고 앞문을 연 다음, 왜 이렇게 떠드냐며, 복도에 나오면 큰 소리로 얘기하는 게 아니라고 우렁우렁 훈계를 한 뒤 문을 닫고 우리 반 아이들에게 물어봤어요.

"와~ 어때! 이번엔 선생님 좀 무서웠지?"

아이들이 빵 터지면서 하나도 안 무서웠다고 얘기하더라고요.

그러면서 다른 반 친구들에게 우리 반 선생님 하나도 안 무섭다고 얘기했다길래 "그러면 어떻게 해! 무섭다고 해야지! 그래야 선생님이 복도 지도를 쉽게 하지!" 이러며 다 같이 깔깔 웃었습니다.

매일 아이들과 작은 일상의 이야기들을 나누며 서로를 알아가고 있습니다. 얌전하고 내향적인 줄 알았던 아이가 의외로 강단 있고 야무지기도 하고, 마냥 활발하게만 보였던 친구가 여린 속내를 가지고 있기도 합니다. 아이들의 말과 행동을 보며 그 존재에 대해 조금씩 이해하는 시간이 소중합니다.

우리 아이는 어떤 아이인가요?

아이가 좋아하는 것, 싫어하는 것, 무서워하는 것, 흥미를 느끼는 것, 아이가 두려워하는 것, 아이가 기대하고 바라는 것.

아이에 대한 이해는 대화로부터 시작됩니다.

오늘 저녁 아이와 함께 작은 일상의 이야기를 통해 아이의 마음을 한번 살펴봐주시길 바랍니다.

학습지를 점검하다 보니 뒤에 줄이 점점 길어져 초초해짐. 급한 마음에 한 손으로는 학습지에 동그라미 그려주며, 다음 차례 꼬꼬마에게 "이리 주세요." 하고 손을 내밀었더니, 점검받던 지금 차례 꼬꼬마가 당연한 듯 자기 손을 내 손 위에 턱 올려놓았다. 내 손바닥 위, 따끈하고 말랑한 작은 손에 나도 모르게 웃음 빵!

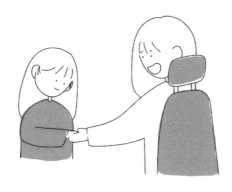

∘ ∘ ∘

"괜찮아요! 흙을 쏟아도 괜찮으려고(?) 우리가 밖으로 나와 꽃을 심는 거예요."

화분에 흙 담다가 쏟았다며 울먹이는 꼬꼬마에게 재빨리 한 말. 아하! 고개 끄덕이며 다른 꼬꼬마들 자신 있게 흙 부음. (그… 그

건 아닌데······) 다음주 안에 싹이 꼭 나길! 싹이 안 나면 연구실에서 키운 새싹을 몰래 심어줘야 하는 미션이 생긴다! (제발)

4월 18일

직업병(?)이 참 무서운 게, 주말에 어딜 나가더라도 "어? 저거 사진 찍어서 우리 반 애들에게 보여줘야지!" 이러고 앉아 있다. 방학 때 교사들이 여행을 많이 가는 건, 휴식의 목적도 있겠지만 교사의 삶이 풍성해질 때, 직간접적으로 아이들에게 더 다양한 삶의 면면에 대해 이야기해줄 수 있기 때문이다.

교사는 교과서 속 지식뿐만 아니라 전반적으로 그 아이의 삶을 성장시키는 요소를 일상생활 속에서 지속적으로 가르치기 마련. 좁은 시야, 한정된 경험을 가진 교사보다 폭넓은 경험으로 세상을 바라보는 교사가 더 많은 것들을 가르칠 수 있다는 점은 의심할 여지가 없는 사실. 교사만큼 매일매일 스스로 배워야 하는 존재도 없다.

4월 19일

아침부터 교실 분위기 유난히 어수선. 월요일 아침부터 뭐라 하면 하루 종일 기분 다운될까 싶어 심호흡 몇 번씩 하며 차근차근 수업 분위기 만들기. 예전에 학부모랑 통화하다 들은 말이 떠올라서였을까? 집에 가서 우리 선생님은 지이이인짜! 착하다고 강조하며 엄마였으면 백 번 화냈을 텐데 우리 선생님은 화 안 낸다고 했단다. 칭찬이냐? 칭찬이겠지? 칭찬일 거야…….

생각해보니 혈기 왕성(?)했을 땐 나도 우렁우렁 큰 소리도 잘 치고 혼도 잘 내는(?) 선생님이었는데 나이 먹고 나니 아이들의 마음을 좀더 많이 이해하게 되고, 혼내기보다는 마음을 매만져주는 걸로 자연스레 노선이 변경되더라. 더 자연스러우면서도 아이들의 마음을 얻어 효과가 오래가는 방법.
사실 에너지가 부족해서 화를 낼 기운이 없는지도 몰라.

스스로 지치지 않는 범위 내에서 최선을 다하려 노력하는 이유는 내가 소진되면 최선을 다하는 의미가 없기 때문이다. 내가 제일 소중하다. 이타적이지 않은 날 인정하면 충분히 타인을 위해 최선을 다할 여유가 생긴다. 누가 알아주지 않아도 그다지 서운하지 않다. 내 최선은 곧 내 만족이기도 하니까.

o o o

2교시쯤 수업하는데 메신저로 6학년에 확진자 발생했으니 당장 애들 귀가시키란다. 그때부터 소리 없는 아비규환 시작. 보호자에게 연락. 아이들 원격수업 대비 책가방 싸서 보내기. 학습지 출력. 다 보내고 나서 영혼 털려 주저앉음. 내일 당장 줌 수업 해야 하는데 한 번도 안 해본 우리 꼬꼬마들 어쩐다.

"선생님 우리 왜 집에 가요? 쉬는 시간은요? 밥은요?"
"우리 학교에 확진자가 생겼는데 학교 규칙상 확진자가 생기면 모두 다 집에 가야 해요. 겁먹지 않아도 괜찮아요. 최대한 안전해지려고 규칙을 지키는 거예요. 자세한 건 선생님이 부모님께 알려줄 테니 집에 가서 설명 들읍시다."

내 말에 고개 끄덕이며 빠르게 자리를 정리하고 의젓하게 귀가한 꼬꼬마들. 학교의 방역지침 및 비상 상황에 대한 매뉴얼이 신속하게 실행되고 많은 수의 학생들이 혼란 없이 잘 귀가. 보호자님들도 큰 동요 없이 협조해주셔서 그나마 마음이 덜 힘들었던 오늘. 꼬꼬마들에게 괜히 미안하고 고마운 이 마음.

교실을 청소하고 내일 원격수업을 위해 우리 어벤져스 동학년 선생님들 일사불란하게 수업 준비. 보호자님께 연락 돌려서 줌 테스트도 바로 진행. 근데 우리 꼬꼬마들 다 내복 차림이네? (폭소) 악어 내복, 토끼 내복, 우주선 내복이네? 마스크 벗으니 앞니 없네? (대폭소) 내 웃음에 꼬꼬마들도 빵 터지고 화면 밖에 계실(?)

어머님들도 큭큭거리심.

갑작스러운 원격수업 전환으로 밤늦게까지 동학년 협의회 불을 뿜고, 자료 만들어놓으면 자꾸 누군가가 수정하여 업그레이드 버전(?)을 내놓는 바람에 다들 최종본 다운받겠다며 으르렁. 아무리 힘들어도 함께 하는 동료 선생님들의 으샤으샤로 충전! 내일 우리 꼬꼬마들 재미나게 수업할 수 있을 듯!

작년에 죽을힘을 다해 모든 원격수업을 다 직접 찍고 제작했던 우리 동학년. 춤추고, 게임하고, 그리고, 오리고, 만들고, 연주하고 다 했는데. 작년에 축적해둔 자료가 올해 빛을 발하는구나! 사람은 꼼수를 쓰면 안 되는 법! (급 의기양양) 덕분에 내일 3교시까지 줌. 나머지는 수업 영상으로 대체 가능! 작년의 수고가 새삼 기껍다.

4월 20일

오늘 첫 줌 수업. 화면에 선생님과 친구들이 나오는 게 너무나 신기한 꼬꼬마들. 나름 열심히 수업한 뒤 쉬는 시간 15분 줬더니, 각자 자기 집 애완동물 들고 와 화면에 보여주기 시작함. 댕댕이,

냥이, 도마뱀(?), 햄스터, 사슴벌레 종류도 가지가지. 순식간에 사이버 동물원 온 줄? 수업보다 집중도 더 높았던 쉬는 시간!

○ ○ ○

학습지 오려 워크북에 붙이는데 엉엉 울음소리가 들린다. "선생니이이임! (훌쩍훌쩍) 잘못 잘랐어요! (엉엉)"

"괜찮아! 붙이지 말고 그냥 해도 돼. 학교 오면 선생님이 다 고쳐줄 거야. 울 일 아니야. 괜찮아!"

그 이후로 '괜찮아' 주문 계속 반복. 줌 수업을 하니 '괜찮아' 사용 횟수가 평소의 백 배인 듯. 얘들아, 진짜 다 괜찮아!

○ ○ ○

꼬꼬마들의 눈물 나는 스토리를 듣다 보면 나도 모르게 빵 터질 것 같은 위기(?) 상황을 맞게 되는데, 꼬꼬마들에겐 하늘이 무너질 듯 슬픈 일이라 이를 깍 깨물고 웃음을 참는다. 간신히 표정을 진지하게 만들어 고개 끄덕이며 공감하고 위로하는 그 과정 속에서 웃음을 참기 위해 애쓰는 또 하나의 내가 있다.

○ ○ ○

동학년 톡으로 오늘 원격수업 협의하며 올해 애들 유독 울뱅이가 많다고 했더니 옆 반 선생님 왈,

"어휴, 우리 반 애는 집에서 우산 쓰고 오면서 내내 울었대요. 우산을 어디다 꽂아 놔야 할지 모르겠다고요."

우리 반 울뱅이 스토리는 내밀지도 못했다. 이토록 다양한 분야에서 눈물이 펑펑 나는 여덟 살 꼬꼬마들이라니.

4월 21일

고작 실시간 이틀째인데 우리 꼬꼬마들 수업 왜 이렇게 잘 참여하는지 그저 감탄. 수업 내내 쌍따봉 작렬!

쉬는 시간에 수다를 떨며 선생님은 무슨 동물이 되고 싶냐고 묻길래 1초의 고민도 없이 "선생님은 고양이가 되고 싶어요!" 했더니 "맞아 맞아, 우리 샘은 고양이 두 마리나 키워!" "우와 부럽다!" "선생님은 왜 고양이가 되고 싶어요?" "선생님네 고양이는 일단 하루 종일 자. 그러다 일어나면 밥을 와구와구 먹어. 그리고 또 자. 넘 부러워!" (갑자기 화면 밖에서 들리는 어른의 빵 터지는 웃음소리) 아, 맞다. 화면 밖 보호자님 존재 까먹었구나. "선생님, 그럼 게으르게 사는 거잖아요!"

그게 어때서……. (시무룩)

교실에서 공부할 때는 진짜 한 시간마다 전교에 반복 방송되어 징하게 수업 흐름 다 깨는 환기송이 나왔다. 짜증을 흥으로 전환하기 위해 아예 공식적으로 댄스 타임으로 지정함.

꿍짝꿍짝 전주 나오면 "자! 춤추자!" 꼬꼬마들 벌떡 일어나 둠칫둠칫. 격렬한 막춤 30초!

"자, 공부합시다." 재빨리 앉아 공부 모드로 전환.

°₀°

진짜 1학년이니까 춤추자 그러면 신나게 막춤 추지 다른 학년이면 어림없다. 또 언제 춰보겠나 싶어 나도 같이 신나게 추는데 내가 막 추면 애들도 더 좋아함. 아무도 안 보니까 나도 부끄러움이 없다! (뻔뻔) 내향적인 아이들도 몇 번 반복하니 수줍게 어깨 들썩들썩. 갑자기 짜증 났던 노래가 기다려지는 놀라운 효과!

° ° °

노래만 나오면 자기도 모르게 둠칫둠칫 들썩거리는 꼬꼬마들의 댄스 본능이 넘나 웃겨서 나도 모르게 어깨춤 움찔움찔 방정맞게 췄더니 실시간 수업하다가도 교실에 노래 나오면 다들 큭큭 웃으며 말없이 춤을 둠칫 두둠칫. (아차차. 화면 밖에 보호자님이⋯⋯.) 자꾸 아이들이랑 교실에 있다고 착각한 하루.

4월 23일

무엇이든 잘하고 싶은 마음이 큰 꼬꼬마가 최근 각종 놀이에서 슬그머니 반칙하는 것을 눈여겨보다 오늘 날 잡고 깊은 대화. 모든 이야기가 다 끝난 뒤 눈물 줄줄 흘리는 꼬꼬마를 안아주며 "선생님이 ○○이를 좋아하고 아끼는 마음은 하나도 변하지 않았어." 작게 안도하는 그 마음이 느껴져, 안쓰러우면서도 사랑스러웠다.

아이들은 부모나 선생님이 자신의 잘못으로 인해 '날 더 이상 사랑하지 않게 되거나 미워하면 어쩌지'라는 불안이 큽니다. 그렇기에 훈육 시 '실망했다, 믿음이 안 간다' 등의 감정을 건드리는 말을 하면 안 됩니다. 실수와 잘못 그 자체에 집중하고 어떻게 하면 해결할 수 있을지를 함께 의논하는 것이 주를 이뤄야 합니다.

그래서 시작과 중간과 끝에 항상 이야기하죠.

너에 대한 나의 애정과 사랑은 너의 실수와는 아무 상관 없이 변함없고, 네가 어떤 잘못을 하든 간에 난 너와 그걸 함께 고민하고 이야기를 나눌 거다. 넌 내게 정말 소중한 존재니까. 널 야단치는 게 아니라 같이 이야기를 나누는 거야.

그 잘못(혹은 실수)이 반복되면 너의 삶과 주변 사람에게 영향을 미친다. 나는 너를 아끼는 사람이니 네가 그런 길을 가게 놔둘 수 없어서 너와 얘기를 나누는 거다. 너는 어떻게 하면 좋겠니? 내 생각은 이런데. 그럼 앞으로 노력해볼까? 내가 지켜보고 도와줄게.

마음과 마음이 닿아야 하는 과정.

🟣4 월의 알림장

기온이 들쭉날쭉하다 보니 건강 관리가 쉽지 않습니다. 오늘 아침에 아이들 따뜻하게 입혀 보내시라고 문자를 보낼까 고민하다가, 낮 기온은 그리 낮지 않을 것 같아서 보내지 않았답니다. 아프면 학교에 나올 수 없으니 각별히 건강 관리에 신경 써주시길 부탁드립니다.

아이들은 이제는 제법 책상 줄도 잘 맞추고 빗자루질도 잘합니다. 집에 가기 전에 5분 정도 자기 자리 주변을 청소하고 책상 줄을 맞춥니다. 물론 아이들 가고 나서 제가 다시 청소를 싹 하긴 합니다만. 자기 일을 스스로 하는 습관을 들여주는 것은 매우 중요합니다.

한글 학습을 앞으로 꾸준히 해야 하는데, 아마 좀 지겹고 힘들어하는 아이들이 있을 거예요. 아이들의 한글 실력 편차가 너무 크다 보니 조금 서툰 아이들은 제가 집에서 공부할 수 있는 과제를 하나씩 내보낼 예정입니다. 하다가 너무 힘들어하면 저에게 꼭 말해주세요.

사실 글을 배운다는 것은 참 지난한 과정이지요. 언어를 배우고 익힌다는 것은 복잡한 사고를 요구합니다. 그리고 마냥 즐겁고 흥미롭지만도 않습니다. 공부가 항상 재미있고 즐거울 수 없다는 것, 그러나 조금 힘들더라도 그 순간이 지나 알게 되는 기쁨을 경험하는 것도 아이들에게는 정말 중요한 배움이 될 것입니다.

1학년 교육과정의 특성상 활동 위주의 수업을 많이 계획하고 실천합니다만, 활동만으로 끝나지 않도록 종종 배운 것들을 정리하고 반복하고 내 것으로 만드는 시간도 꼭 가지고 있습니다. 앞으로 한글 학습이 어느 정도 끝나면 자신의 생각을 글로 표현하는 활동을 시작할 예정입니다. 그때 다시 자세히 안내해드리겠습니다.

통합교과 〈봄〉을 배우는 과정에서 여러 체험과 활동이 많다 보니, 제가 체력이 달려서 허덕허덕거리고 있답니다. 우리 반 아이들은 언제나 에너지를 가득 채워서 저를 재촉합니다. 아이들을 위해서라도 제 체력을 키워야 할 것 같습니다.

언제나 열정이 넘치고 열심히 하는 우리 반 친구들. 함께하는 1년이 기대됩니다.

활동을 일찍 끝내 자투리 시간이 생긴 꼬꼬마들에게 미로찾기나, 숨은 그림 찾기 같은 심심풀이 학습지를 준다. 그건 확인 안 받아도 되고 집에 가서 해도 된다는 말에, 학습 활동지를 받을 때도 "이거 심심풀이예요?"라고 묻는 꼬꼬마들. 그건 너희들의 소망일 뿐! 오늘 공부는 오늘 해야지! (흐흐)

∘ ∘ ∘

급식실에서 옆 반 선생님과 영양사 선생님이 배를 잡고 웃고 있어서 뭔 일인가 코 들이밀었더니, 오늘 나온 요구르트 '앙팡'을, 한글 잘 모르는 그 반 꼬꼬마가 자기는 양파가 든 건 안 먹을 거라며 극렬히 거부했다고. (폭소) 아이고야, 헷갈릴 만하지! 양파 요구르트, 나도 싫다야!

∘ ∘ ∘

아홉 개의 화분이 감감무소식. 주말 지나고 빼꼼히 고개를 내민 새싹을 보며 기뻐하는 꼬꼬마들 곁에 시무룩한 몇 명의 꼬꼬마.
"걱정 마세요. 하루 이틀 늦게 나는 새싹들도 있어!"
하고 후 몰래 화분 쑤셔보았더니 싹이 날 가망성이 없음. 드디어 그때가 왔구나! 비장한 각오로 비상용으로 키운 연구실 새싹을 조심스레 파내어 꼬꼬마들 화분에 몰래 심어줌. 내일은 웃을 수 있겠지?

4월 27일

아침에 교실에 들어가자마자 "선생니이이임! 드디어 났어요! 새 싹이 났어요!" 급 흥분한 어제의 시무룩 꼬꼬마들. 자연스럽게 보이려고 이리저리 흙을 다독이며 몰래 작업한 어제의 시간이 새삼 보람차다. (흐뭇) "와! 역시 하루 더 기다리니 쏙 났네? 축하해!" 모두 다 싱글벙글 행복한 아침.

∘ ∘ ∘

우리 반 마법소년은 놀랍게도 가장 열광적인 나의 지지자(?)가 되었는데, TMI를 남발하는 폭풍 수다로 나의 정신을 피폐(?)하게 만들고 있다. 그럼에도 불구하고 손짓발짓 해가며 눈을 반짝거리는 저 여덟 살의 수다가 사랑스러운 이유는 우리가 함께 폭풍우를 뚫고 나왔기 때문이겠지? 그저 예쁘다.

∘ ∘ ∘

3월 내내 그림 그리기, 색칠하기 등을 거부하던 우리 ☆☆이의 오늘 활동지를 보고 나도 모르게 가슴 한켠이 울컥. 두 달 동안 아이를 몰아가지 않기 위한 인내. 괜찮다고 끊임없이 말하는 끈기. 적절한 타이밍에 살짝 눈치껏 들이밀었던 과하지 않은 칭찬. 이 모든 노력의 결과물을 오늘 받았다.

。。。

어쩌다 보니 많은 학교를 돌았고 이상한 사람들도 많이 섭렵(?) 했지만, 어느 학교에서든 꼭 한 분쯤은 본받고 싶은 선배 선생님이 계셨다. 어설프고 모자란 나를 단단히 받쳐주시고 격려와 지지를 아끼지 않으셨던 선생님들. 잊을 수 없는 기억. 나잇값 하는 게 쉽지 않은 이유. 진짜 잘 늙고 싶다.

4월 29일

교장, 교감 선생님을 모시고 공개수업 중, 갑자기 울리는 환기송. 이미 DNA에 박힌 댄스 본능으로 벌떡 일어나 격렬한 춤사위를 펼치는 꼬꼬마들. (이마 짚는 나)

"아니, 여러분, 오늘은 좀!" (급 당황하여 외침)

뒤에서 빵 터진 교장 선생님, 교감 선생님.

"그래…… 30초인데 그냥 추자." (체념)

끝나고 꼬꼬마들 개운한 표정으로 앉아 공부 재개. 내 인생 제일 긴 30초였다.

° ° °

내 수업을 참관한 동학년 선생님이 빵 터지며 한 말.

"선생님이 애들에게 약 파신다는 표현이 뭔지 알겠어요!"

지도안에서 큰 흐름만 가져가고 결국 나나 꼬꼬마들이나 하고 싶은 말 다 한 수업. 끝나자마자 "와, 진짜 재밌었다!"라고 외쳐준 센스쟁이 꼬꼬마, 칭찬한다!

사회생활 '만렙'이야!

° ° °

꼬꼬마들뿐만 아니라 동료 선생님들에게도 괜찮다고 말해줄 수 있는 사람이 되자. 괜찮아, 다 괜찮아요. 학교 일, 죽고 사는 문제도 아닌데 너무 목매지 마세요. 수업? 이 나이가 돼도 맘대로 안 되는 수업 많은걸. 내가 괜찮아야 애들도 괜찮은 거니 스스로 넘 후달구지 말아요. 모든 순간에 완벽할 순 없으니까!

4 월의 알림장

성큼 봄이 다가왔습니다. 오늘 봄나들이 나갈 때 저는 반팔 차림이었답니다. 코로나가 아니었으면 아이들을 공원에 데려가 좀더 다양한 동식물을 관찰하고 여러 경험을 해볼 수 있었을 텐데, 상황이 상황이다 보니 쉽지가 않았네요. 그래도 벤치 밑, 수풀 속에서 작은 꽃들을 보고 예쁘다며 감탄하는 아이들의 모습은 눈부시게 멋진 풍경이었습니다.

지난 상담주간 동안 보호자님의 이야기를 듣고 제 생각도 말씀드리며 의미있는 시간으로 가득 채웠습니다. 보호자님들이 생각하시는 아이들의 모습과 학교에서 생활하는 모습, 잘하는 점, 좀더 채워갔으면 하는 점 들을 허심탄회하게 나누며 같이 웃고 공감하는 시간이었습니다.

항상 학교 교육활동에 적극적인 응원과 지지를 보내주시는 보호자님께 정말 감사드립니다.

상담주간에 오히려 에너지를 얻어 앞으로 아이들과 보내는 시간을 더욱 알차게 채워나갈 수 있을 것 같습니다.

전화 통화 말미에 항상 말씀드렸습니다만, 굳이 상담주간이 아니더라도 아이에 관해 함께 이야기 나눠야 할 부분이 있다면 언제든 편하게 연락 주세요. 저도 진심으로 함께 고민하고 생각하겠습니다.

5월

한 뼘씩 자라는 아이들의 마음

선생님들 모두 연구실에 모여 앉아 내일 아이들이 사용할 카네이션 머리띠 만들기. 입체카드 만들기 밑작업, 가위질, 풀질, 각종 종이접기 작업을 두 시간 꼬박 했더니 선생님들 모두 당 떨어져 허덕허덕. 어린이날 선물 포장도 하고 장난감 사용법 영상도 찍고 게임 준비도 하고……. 선생님들 모두 밀도 있게 오후 내내 각종 수업 준비에 몰두한 하루. 뿌듯하다.

○○○

"선생님네 반, 진짜 개성 강한 아이들이 많네요. 골고루 모인 종합선물세트 같아요!" 동학년 선생님들이 인정할 만큼 개성 강하고 각양각색의 색깔을 가진 꼬꼬마들. 수월하진 않아도 그만큼 매력 있는 이 아이들의 타고난 기질이 좋은 쪽으로 발현할 수 있도록 세심히 조율해야 할 1년. 기분 좋은 두근거림.

○○○

우리 반 꼬꼬마들, 서로 도와주고 도움받는 과정이 제법 자연스러워졌는데, 자기 활동 다 하면 손을 번쩍 들고 "친구 도와줘도 돼요?" (웃으며 고개 끄덕끄덕) "나 도와줘!" 호다닥 가서 함께 끙끙. "나 이거 잘 못 오리는데 도와줄 사람?" 당당히 손을 들고 SOS 치는 꼬꼬마. 쾌히 달려가는 친구들. 흐뭇하다.

° ° °

요즘 좀 잠잠하다 싶었더니 친구들처럼 색칠할 수 없는 자기 자신에 대해 분노 대폭발한 꼬꼬마. 색칠하던 편지지 꾸깃거려 찢고 닭똥 같은 눈물 뚝뚝. 조용히 품에 안고 많이 속상했냐고, 선생님도 속상하다고, 지금 한 것도 정말 잘했는데 찢어서 안타깝다고, 한참 다독인 뒤 다시 한번 해볼까? 하는 내 제안을 수락하여 새 편지지 받아들고 들어감.

그러고도 한참을 감정 격한 상태로 어깨 들썩들썩. 오며 가며 머리 쓰다듬어주고 눈 맞추고 눈으로 다독이고 한참을 애쓴 끝에, 다행히 봄놀이하러 운동장에 잘 따라 나왔고 평화롭게 하루 공부 마무리. 우리 꼬꼬마의 마음에 봄은 언제 올 것인가!

───────
5월 4일

"선생님! 제 카네이션 꽃이 없어졌어요!"

방금 전까지 접고 있던 꽃을 잃어버리는 놀라운 묘기(?)를 보여준 꼬꼬마. 한국의 데이빗 카퍼필드(내한 공연도 몇 번 했던 미국의 유명 마술사)인가…….

가방까지 다 뒤져도 안 나와, 우리 둘 다 망연자실. 정신 챙기고 재빨리 내가 접던 걸 쥐어주며 마무리. 교실 안에 블랙홀이 있다! 틀림없어!

° ° °

끈기를 가지고 무한 반복하며 가르쳤음에도 종종, 아니 자주 구멍이 생기는 꼬꼬마들. 그 상황에서 짜증과 화 대신, '그럴 수도 있지'라는 마음으로 웃어넘기는 것이 가장 지고한(?) 경지인데, 그 경지의 최고봉은 꼬꼬마들의 실수가 귀엽다 못해 웃겨서 나도 모르게 피식 웃음이 나는 것.

사실 귀여우면 답 없어요. 게임 끝.

° ° °

저학년 담임을 하기 위해서는 '끈기'와 '무한 반복'과 '그럴 수도 있지' 3종 세트가 필수.

"여러분, 색칠을 잘하는 것도 뭐라고 했죠?"

"공부요!"

"요렇게 요렇게 오리고 풀칠 착착 하는 것도 뭐라고 했죠?"

"1학년 공부요!"

세뇌하듯 달달달 손과 입을 쉴 새 없이 움직이는 1학년 담임의 하루.

다섯 장의 미니 색종이로 카네이션을 접기 위한 한 시간의 혈투
(?)를 학부모님이 아시면 좋을 텐데…….

손 야무진 꼬꼬마들이 다른 꼬꼬마들을 도와주었음에도 불구
하고, 바쁘게 온 교실을 돌아다니며 카네이션 구조에 힘써야 했던
나.

그래도 "우와, 우와!" 좋아하며 뿌듯한 표정으로 소중히 가방에
넣어 갔으니 됐다.

5월 7일

오전에 비바람 몰아치는 걸 보며 이번 주가 연휴라 다행이다, 안
도함. 놀랍게도 높은 비율로 날씨가 궂은 날은 교실 안 꼬꼬마들
의 상태(?)가 좋지 않기 때문이다. 좀더 산만하고 좀더 분쟁이 많
이 일어나며 평소보다 좀더 붕 떠 있는 느낌? 집중력 있게 돌아가
지 않는다.

'아… 비가 와서 그래.'라고 모두에게 면죄부(?)를 주게 되는 날.

5월의 알림장

아이에게 부모와 선생님이 가지는 의미는 매우 큽니다. 엄마와 아빠, 또는 아이를 기른 양육자는 쉽게 아이의 애정과 믿음을 얻습니다. 그 무조건적인 애정을 받다 보면, 아이가 자연스레 애정을 주는 만큼 상처를 받기 쉬운 존재라는 사실을 무심결에 잊을 때가 많지요.

어른들은 자신이 보는 세상과 아이가 보는 세상의 크기가 다르다는 것을 쉽게 간과하다 보니, 아이의 작은 세상 속에서 부모와 교사의 말과 행동이 얼마나 큰 의미를 가지는지 종종 잊기도 합니다.

교실에서 아이들을 훈육할 때, 먼저 아이의 이야기를 들어보려 애씁니다. 단순한 실수라면 다음번에 그러지 말자고 이야기하고 다독이는 것으로 충분합니다. 의도가 있는 잘못이라면 그 잘못으로 인해 어떤 피해가 발생했는지를 담백하게 이야기하고 그 잘못을 반복하지 않기 위해 어떤 도움이 필요한지 이야기합니다.

단순한 꾸짖음으로 넘어가지 말아야 하는 상황들이 많이 있습니다. 아이들은 교실에서나 가정에서나 존중받아야 하는 존재이기에 아이의 눈높이에 맞춰 이야기를 나누고, 단호한 태도를 취해야 할 때는 그 안에 감정적인 동요를 얹지 않도록 노력해야 하지요.

가정에서나 학교에서, 보호자님과 교사가 아이들의 마음을 읽어주고 눈높이에 맞는 애정 어린 훈육을 할 때 아이들의 마음은 한 뼘씩 건강하게 자랍니다.

올 한 해 보호자님과 제가 서로 허심탄회하게 아이의 성장을 위해 소통하고 협력할 수 있었으면 좋겠습니다.

재작년 가르친 꼬꼬마들이 어느새 3학년. 급식실 오가며 마주칠 때마다 덥썩 날 잡는데 그때마다 깜짝 놀란다. 훌쩍 크다 못해 의젓함이 하늘을 뚫는 열 살인데 "우왕! 선생님!" 하고 안겨오는 모습은 여전히 앳되다. 이 학교 만기 채우면 쟤네 5학년 되는 거 보겠네? 상상이 안 된다. 아이들은 정말 빨리 자란다.

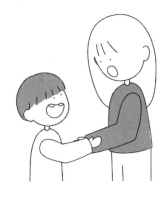

。。。

유난히 집중을 못하고 활동 마무리도 안 되는 꼬꼬마. 덧셈 뺄셈 들어가니 구멍 숭숭. 다른 친구들 다 할 동안 혼자 끙끙거리다 눈시울 붉힘. 안타깝다. 아무리 집중하고 싶어도 뜻대로 안 되는 너의 맘을 왜 모르겠니. 여덟 살에게 의지를 심어주는 게 쉬운 일이 아님을 알기에 조용히 어머님과 전화 상담. 가정에서의 노력 포인트와 학교에서의 지도 포인트를 나누며 아이의 성장을 위해 의논한 시간.

° ° °

오늘 수업 중, 다양한 가족의 모습에 대해 이야기하던 차에, 한부모 가정 꼬꼬마가 손을 번쩍 들고 미처 말릴 새도 없이 "우리 엄마랑 아빠는 서로 마음이 안 좋아서 따로 살아요!"라고 외침. 자연스레 "그래요, 그런 가족도 있어요. 엄마 아빠가 꼭 같이 살아야 가족인 건 아니지요." 아이의 눈높이에 맞는 설명을 통해 자연스레 가족의 상황을 받아들이게 만든 어머님의 지혜에 감탄.

불화가 만연한 부모와 함께 사는 것보다, 이혼을 해도 정기적으로 만남을 가지고 부모 역할을 각자 성실히 하는 부모가 있는 아이가 훨씬 더 정서적으로 안정되어 있음을 많이 본 나로서는, '애들 때문에 이혼 못 한다'라는 말은 좀더 생각해볼 여지가 있지 않나 싶다. 무엇이 아이들에게 가장 중요할까?

° ° °

급식실 가는 길. 앞에서 날뛰던(?) 다른 반 꼬꼬마들에게 아주 엄한 목소리로 "소리치며 뛰지 마세요!" 그리고 난 다음 그 반이 내 시야에서 사라지자마자 우리 반 꼬꼬마들에게 "선생님, 무서운 척 엄청 잘했지!" 하고 뿌듯하게 웃음. 우리 반 꼬꼬마들 두 손 엄지 척 하며 날 칭찬해줌. (서로서로 눈짓)

∘ ∘ ∘

수업하면서 쓰는 말 중 성차별적이거나, 사회적으로 혐오와 차별의 대상이 되기 쉬운 계층에 대한 편견 어린 말을 쓰지 않기 위해 신경 써서 말을 고른다. 어릴 때부터 다양성을 존중하고, 배려하는 가치를 자연스레 접해야, 나중에 커서 접할 수도 있는 혐오와 차별의 상황을 불편하게 느낄 테니까.

5 월의 알림장

5월 15일은 스승의 날입니다. 이미 알고 계시겠지만, 스승의 날에는 작은 음료수 한 병, 직접 접어 만든 종이꽃 한 송이도 받지 않게 되어 있습니다.

매년 스승의 날이 다가올 때마다 이런 안내를 드리는 마음이 편하지 않습니다. 교사라는 직업을 가진 것을 후회한 적은 없지만, 유독 스승의 날 무렵 각종 언론매체에서 교사들을 난타(?)하는 기사들을 볼 때면 조금 기분이 처지더라고요.

부모님 세대가 겪은 선생님들과 지금 아이들이 만나는 선생님은 성향이 많이 다른 것이 사실입니다. 대부분의 아이들은 학교생활 속에서 인격적으로 존중받고, 교실 안에서 선생님들은 나름의 최선을 다하고 있습니다.

아이의 성장을 위해, 보호자님과 교사가 서로 마음을 다하고, 격려하고 존중하는 문화를 일구어 나가는 것이 제일 좋은 방법이 아닐까요? 저 역시 교단을 떠나는 그날까지 이런 마음을 잊지 않고 최선을 다하겠습니다.

아이들과 함께한 시간이 아직 100일도 되지 않은 지금. 우리 아이들이 나중에 자라서 한 번이라도 1학년 시절을 추억할 수 있다면, 그것이 저에겐 가장 큰 스승의 날 선물이 될 것 같아요. '나의 1학년 때 선생님이 날 참 예뻐해주셨지…….' 이렇게요.

매년 스승의 날에는 가정에서 보호자님과 아이들이 지금까지 만난 선생님들을 떠올리며 이야기 나누는 시간을 보내시면 좋겠습니다.

오해 없이 저의 입장을 이해해주셨으리라 생각하며 다가오는 스승의 날도 여느 날과 똑같은 평범하고 행복한 하루를 보낼 수 있도록 도와주시면 감사하겠습니다.

선생님께 편지 쓰기 이벤트를 계획한 학생자치회가 직접 엽서 카드까지 디자인해 전교생에게 배포. 1학년은 한글 공부 중이라 제외(?)되었다. 연구실에서 협의회 끝내고 교실 와보니 책상 위에 작년 아이들, 재작년 아이들 엽서들이 옹기종기 모여 있다. 갑자기 가슴 한켠이 몽글몽글. 어느새 훌쩍 커서 의젓해졌네.

° ° °

각자 어릴 때 가족사진을 보며 누구 가족인지 맞히기 시간! 화면에 완전 애기애기한 모습이 뜨는데도 귀신같이 잘 맞히는 우리 반 꼬꼬마들. 부모님 둘 중 누구든지 일단은 닮은 모습에 신기한지 다들 웃음 빵! 평소에도 엄마 아빠 닮았다는 얘기를 들으며 자라왔어도 다른 친구들 사진을 보며 더욱더 실감했을 듯. 핏줄의 힘(?)은 강하다!

° ° °

줄넘기할 때마다 좌절하는 꼬꼬마들.

"여러분, 엄마 아빠가 태어났을 때부터 줄넘기를 잘했을까요? 부모님도 초등학교 1학년 때 줄넘기를 포기하지 않고 열심히 해서 어른이 된 지금 줄넘기를 할 줄 아는 거예요. 포기하면 앞으로 줄넘기를 계속 못해요!"

펄쩍펄쩍 뛰는 꼬꼬마들 옆에서 으쌰으쌰 응원하기!

5월 14일

'스승의 날' 좀 없었으면 좋겠다.

매년 이맘때 기사 쓸 거 찾아 헤매며 애먼 교사집단을 도매금으로 적폐 취급하는 각종 언론 보도와 댓글들을 보는 게 넘 끔찍하다. 왜 자신이 겪은 과거의 나쁜 교사들의 기억을 현재 교사들에게 투영하는 걸까. 교사의 변화를 외면하는 편견에 찬 모든 말들이 지겹다, 정말.

000

교직생활 내내 스승의 날 선물을 거절하기 위해 아둥바둥. 십수 년 전부터는 안 주고 안 받는 문화가 정착되어 한숨 덜었다. 여전히 교사들을 촌지 받고 선물 밝히는 집단으로 매도하는 일부 댓글들을 보면 이젠 화도 안 나고 혀 백만 번 차게 된다. 그런 교사가 대부분이라고 믿는 사람들이 안타깝다.

세상이 변했다. 변했다고!

◦ ◦ ◦

교실 문을 여니 엄청 큰 꽃 머리띠를 하고 와서 "제가 꽃이에요." 하는 꼬꼬마. 마스크에 라벨기로 출력한 메시지를 붙이고 와서 헤헤 웃는 꼬꼬마. 자기 사진 붙인 카드 써온 꼬꼬마. 혹시나 아무것도 준비하지 못한 다른 친구들이 소외감(?)을 느낄까 봐 담백하게 고마움을 살짝 전하고 수업 시작. 자꾸 뭔가 조심하게 되는 씁쓸함.

◦ ◦ ◦

통합교과 꾸미기 만들기 두 시간, 수학 모으기 가르기 두 시간 후 급식 먹여 집에 보내고 나니 영혼이 또 간당간당 간신히 매달려 있던 차, 작년 꼬꼬마들과 재작년 꼬꼬마들이 하굣길에 교실에 들러주었다. 카드 속 삐뚤삐뚤한 글씨가 정겨웠던 오후. 그래. 올해의 꼬꼬마들도 내년엔 이렇게 의젓해지겠지? 마음 다독이며 퇴근.

◦ ◦ ◦

모으기 가르기를 하는 교실은 혼돈의 도가니탕. 구체물 조작하느라 나눠준 연결 큐브는 정신 사납게 바닥에 떽떼구르르 계속 떨어져 구르고, 도대체 왜 숫자를 나눠야 하는지 이해가 안 가는 꼬꼬마들 머리 위에는 물음표 백만 개. 모으기 가르기가 이렇게 어려운 단원이었던가! 코로나, 밉다 미워!

상상 속 가족 꾸미기 활동. 미용실 하시는 꼬꼬마 어머니께 부탁해서 과월호 잡지를 얻었는데, 호쾌하게 종이를 뜯어 가위질해 나눠주는 날 보고 꼬꼬마의 심하게 흔들리는 눈빛. "그… 그거어… 엄마 책인데……. (울먹울먹)" "아, 이건 엄마께 부탁해서 샘이 얻은 거예요. 걱정 마. 괜찮아요." 그러나 한동안 꼬꼬마의 불신의 눈빛을 받았다. (하하)

∘ ∘ ∘

급식실 가던 중. 강당 앞에 뭉쳐 있는 4학년 발견. "줄 서!" 목메게 반복해서 외치는 선생님과 눈빛 마주친 뒤 목소리 톤 높여 "어머나! 1학년 동생들도 이렇게 줄을 잘 서는데 우리 4학년 어쩔까나!" 웃으며 말했더니 갑자기 4학년 애들, "우오오오오!" 하며 박수를 쳐준다. 영문 모르는 울 반 꼬꼬마들 으쓱거리며 행진. 아, 너구리 같은 고학년 '짬바'. 쉽게 넘어가질 않는구만.

⑤ 월의 알림장

오늘 급식시간에 나온 컵케이크로 스승의 날을 실감하였습니다. 교직에 종사한 지 꽤나 오랜 시간이 흘렀고, 수많은 아이들을 만나 가르치며 함께 성장했습니다.

오늘 내가 꽃이라며 저에게 와서 인사를 한 친구들 덕에 좋은 기분으로 하루를 시작했어요. 물론 만들기 꾸미기를 하며 아이들과 씨름하고, 가르기 나누기를 하며 끙끙거리느라 집에 갈 시간쯤에는 저나 아이들이나 모두 기진맥진했지만요.

지난 알림장에서도 말씀드렸지만, 나중에 우리 아이들의 기억 속에서 '1학년 때 선생님, 얼굴도 이름도 희미하지만 그래도 참 좋은 분이셨어…….' 정도만 남아 있으면 참 행복할 것 같습니다.

매년 각양각색의 다양한 빛깔을 지닌 아이들을 만나 가르친 지난 시간 속에서 아이들의 성장만큼이나 저도 성장했으니 저 역시 아이들에게 항상 고맙답니다.

올해 우리 반에 아이들을 보내시고, 저의 교육활동을 지지해주심과 동시에 전폭적인 협조를 아끼지 않으시는 우리 반 보호자님 모두에게도 감사의 말씀을 드립니다.

성큼 여름이 다가온 듯한 날씨입니다. 일교차가 크니 건강 관리 신경 쓰시고 행복한 주말 보내시길 바랍니다.

귀걸이 빠짐 (작은 비닐백에 넣어 집에 보냄)

머리 산발 (불러다 빗으로 싹싹 빗어 묶어줌)

실내화 지비츠 빠짐 (끙끙거리며 끼워줌)

각종 생채기 (캐릭터 밴드 붙여줌)

단추 풀림 (끼워줌)

바지 겉으로 속옷 나옴 (다시 싹싹 넣어 입혀줌)

손 씻다가 옷 젖음 (착착 접어 걷어줌)

종일 분주한 1학년 담임의 하루.

° ° °

친구의 작품을 전시하고 감상해보는 시간. 잔잔한 음악을 깔아 놓고 친구들 책상 위 작품들을 보며 맘에 드는 작품에는 귀퉁이에 반짝반짝 보석 스티커 붙여주기!

나도 열심히 돌아다니며 스티커 적은 작품을 눈치껏 골라 팍팍 붙여줬더니 모두들 번쩍번쩍 빛나는 자기 작품에 대만족.

"스티커 개수 세거나 남들과 비교하기 없기예요!"

싱글벙글 웃으며 끝난 수업.

"선생님!!!" 쉬는 시간에 도서관 갔다가 헐레벌떡 뛰어와 날 급하게 부르는 우리 반 꼬꼬마.

"왜요?"

"저 너무 등이 가려워요!!! (울상) 손이 안 닿아요! 긁어주세요!!!"

웃음 빵 터지는 걸 참고 "어디? 요기?" 조그만 등을 야무지게 긁어주었다.

"으으흐."

급 만족하고 씩 웃는 귀여운 꼬꼬마.

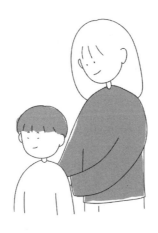

5월 18일

가족의 호칭에 대해 배우며 건빵으로 가계도 만드는 수업. 고소한 건빵 냄새에 꼬꼬마들 침 꼴깍꼴깍. "다 만든 친구들은 건빵을 먹을 수 있어요!"했더니 갑자기 너무나 열정적으로 만들기 모드! (하하) 다 한 친구들은 앞으로 불러 마스크 안 입속에 하나씩 쏙 넣어주니 세상 다 가진 표정으로 오물오물!

5월 24일

나도 사람인지라 꼬꼬마의 이유 없는 '땡깡'에는 이마에 힘줄이 솟기 마련인데, 최대한 내색하지 않고, 심호흡한 뒤 감정을 섞지 않고 단호하게 상황을 마무리. 제일 어려운 것은 그 이후에 새로운 기분으로 꼬꼬마와의 관계를 이어나가는 것. 과거의 만행(?)을 머릿속에서 지우기. 그 어려운 걸 하루 종일 한 오늘의 나.

∘ ∘ ∘

가족 소개카드를 만드는데, 애들이 쓴 내용을 보고 나도 모르게 입술 앙다물고 웃음 참음. 가족의 특징을 쓰는 칸에 쓰인 각양각색의 이야기.

아빠 : 방구 대장

엄마 : 안 된다고 했는데 나중엔 하게 해준다.

아이고. (혼자 대폭소)

확실한 건, 오늘 들고 간 가족카드를 보고 아연실색할 학부모님
들이 꽤 되실 듯하다는 거.

5월 25일

조용히 나에게 다가와 "선생님, 진짜 못 그리겠어요."

"그래? 괜찮아요. 그럼 뭐 그릴 수 있을 것 같아요?"

한참 고민하던 꼬꼬마. "자동차요."

"그래, 그럼 그걸 그리자." 웃으며 말하는 나.

잠시 뒤 그려온 파란 자동차.

"제 건 칠판에 안 붙이고 싶어요."

"그래, 가방에 넣어요."

그제야 작게 안도하는 영혼.

학교라는 공간 안에서 일어나는 수많은 일들이 아이들과의 일만 있는 것은 아니기에, 어른들의 질척이는 악의와 맞서 싸우고 시스템의 부조리에 스트레스받으며 퇴근 시간을 기다리는 직장인으로서의 삶이 대부분이다. 그래도 매일 좋은 기억 하나씩은 적어서 남겨두려 한다. 의미 있게 살기 위해.

그리고 좋은 기억의 대부분은 아이들로부터 나온다.

○ ○ ○

화재 대피 훈련을 한다고 꼬꼬마들 데리고 종종걸음으로 잠시 바깥으로 나오자마자 불어치는 바람.

"헉! 넘 춥다! 빨리 들어가자, 얘들아!"

갑자기 뛰어와 날 꼭 안아주는 꼬꼬마.

"선생님! 추우니까 내가 안아줄게요!"

아이고. 나도 모르게 헤실헤실 웃으며 "넌 따뜻하네! 고마워요." 했다.

작고 따스한 온기의 기억.

친구네 학교 학부모가, 자기 휴대폰으로 애가 게임하며 100만 원을 결제한 걸 발견하고 학교에 전화해서 애 관리 안 하고 뭐 하냐며, 앞으로 온라인 수업이고 뭐고 안 듣겠다고 펄펄 뛰며 항의했다는 이야기를 듣고 인류애 파사삭. 아니 이제 학교가 학부모 휴대폰 게임 결제도 관리해줘야 하나? 학교가 아주 제일 만만하지, 그냥.

○ ○ ○

어른들로 인해 파사삭 부서진 인류애는 우리 반 꼬꼬마들과 내 가족과 고양이들이 복구해준다. 정년까지는 못 할 것도 같지만, 교직을 떠나는 그날까지 몸과 마음의 건강을 지키기 위해 노력하겠다!
깨어 있기! 지치지 않기! 내 심신의 건강을 제일 우선적으로 챙기기!
매일 주문처럼 되뇐다.

6월

여덟 살, 무엇이든 해봐도 되는 나이

손가락 꼼지락거리며 덧셈 뺄셈 열심히 하는 꼬꼬마. 글씨도 잘
모르고 셈도 느리지만 끝까지 포기하지 않고 한다.

"차근차근하는 너가 나중에 공부를 진짜 잘할 것 같아. 이렇게
공부하는 애들이 제일 잘하더라, 진짜!"

씩 웃으며 열심히 손가락을 접었다 펴는 아이. 절로 머리를 쓰다
듬게 됨.

∘ ∘ ∘

에너지 분배를 잘해야 하는데 삘(?) 꽂힌 날은 유독 집착 돋게
(?) 수업을 진행해서 오후에 번아웃되는 경우가 종종 있다. 이러다
체력 저하로 조기퇴직할 듯. 덧셈 뺄셈 하는 꼬꼬마들의 머리 위
로 이글거리는 열기. 분주하게 꼼지락거리는 손가락. 지우개질로

너덜거리는 수학익힘책. 멋진 꼬꼬마들.

∘ ∘ ∘

진로 수업으로 〈멋진 닭이 될 거야〉를 읽고 꿈에 대해 이야기. 책 속에 닭 엄마와 오리 아빠 사이에서 자라는 병아리가 나왔다. 요즘 읽어주는 책들 속에 다양한 가족의 이야기가 나와서 참 좋다. 편견 없이 가족의 진짜 의미에 대해 생각해볼 수 있는 계기가 되고, 아이들도 자연스레 받아들일 수 있게 된다.

∘ ∘ ∘

서랍에서 연고를 꺼내 발라주며 모기의 계절이 왔음을 알았다. 쉬는 시간에 밴드 붙여주랴, 모기약 발라주랴, 머리끈 풀린 거 묶어주랴, 단추 채워주랴, 젖은 소매 걷어주랴, 손의 분주함이 하늘을 찌른다. 폭풍 같은 하루를 마치고 빈 교실에 앉으니 한 모금도 못 마신 커피가 싸늘하게 식어 있구나.

∘ ∘ ∘

"선생님! 빨리빨리!" 숨 넘어가는 꼬꼬마.
"왜?!"
"(가슴 쭉 내밀며) 제 심장 소리 좀 들어보세요."
조그만 가슴 위에 귀를 대니 콩닥콩닥 빠르게 뛰는 심장 소리.

"저 심장 진짜 빨리 뛰죠! (뿌듯)"

"우와! 완전 빨리 뛰네."

"나도 나도!" 순식간에 애들 옹기종기 모여 친구의 심장 소리 듣기 삼매경.

6월 2일

줄넘기하러 나갔다가 화단에 무성한 토끼풀을 발견했으면 그냥 넘어갔었어야지!

"애들아, 이거 봐라? 선생님 토끼풀로 팔찌 만들 수 있다?"

"우와! 저도요! 저도요!"

그 뒤로 토끼풀 팔찌 만들기 지옥이 펼쳐졌다……

1학년 담임인 나. 눈치 챙겨! (울먹울먹)

풀물 든 양쪽 손톱은 덤이다.

° ° °

"저 국수 안 먹을 거예요!" 급식시간에 나온 잔치국수를 앞에
두고 입을 삐죽이는 꼬꼬마.

"아니 왜? 맛있는데, 국수 싫어해?"

"국수 받아오다가 뜨거워서 손 데었어요! 국수한테 삐졌어욧!! 흥!"

"어… 그… 그래. 그래도 화 풀고 먹자."

말해놓고 나니 갑자기 이 모든 대화를 진지하게 하고 있는 내
자신이 너무 웃겼다. (하하)

　여덟 살의 세상도 희로애락이 있는지라 작은 교실 안에서 아이들끼리의 관계 맺기는 다양한 감정의 양상을 보이기 마련입니다.

　내가 장난으로 한 말과 행동이 친구의 마음에 상처가 된다면, 내가 그럴 의도가 없었을지라도 마음을 담아 사과할 수 있도록 가르치고 있습니다. 사람이 살아가면서 부딪히는 여러 인간관계의 갈등을 풀어나가는 기본적인 방법을 어릴 때부터 가르치는 것이 매우 중요하다고 생각합니다. 내가 잘못이 있다고 생각할 때는 마음을 담아 사과하는 법을, 진심이 가지고 있는 힘을, 정직의 소중함을⋯⋯ 우리 아이들의 마음에 전해주고 싶습니다.

　아이들이 살아갈 세상은 거칠지만, 그래도 가장 바르고 깨끗한 가치들을 배우며 자랐을 때, 세상을 지혜롭게 살아갈 수 있는 역량을 기를 수 있지 않을까요?

　어른에 비해 강한 정서적 회복 탄력과 감정의 항상성을 발휘하는 아이들의 저력을 저는 믿고 있답니다.

아이들이 학교에서 친구들과 싸우고 사과하고 툭닥거리는 모든 과정이 우리 아이들의 성장에 꼭 필요한 것이라 생각합니다.

어른들의 할 일은 감정의 방향을 바로 잡아주고, 올바르게 풀어낼 수 있는 길을 제시하는 것이니까요.

언제나 아이들의 성장을 위해 다정한 관심을 보여주시는 보호자님께 감사드립니다.

6월 9일

꼬꼬마들 입학한 지 오늘로 100일! 씩씩하게 적응 잘하고 열심히 초등학생으로 모습을 갖춰가고 있는 기특한 꼬꼬마들을 위해 신나게 백일잔치! 잔치 잔치 분위기에 잔뜩 흥이 난 꼬꼬마들, 오늘 최고의 날이라며 엄지 척! 간식거리와 선물 들고 엉덩이춤 추며 하교. 백일잔치 준비하느라 힘들었지만 뿌듯했다!

◦ ◦ ◦

가정폭력 교육을 열심히 한 다음 날. 아니나 다를까.

"엄마가 저에게 가정폭력했다요!"

"뭐라고?"

"때린 건 아니고 말로 제 마음을 아프게 했어요!"

"뭐라 하셨는데?"

"이럴 거면 학원 다 때려치우라고요!"

어… 어… 그… 그건…….

매년 아동학대와 가정폭력 교육이 이래서 어렵습니다.

◦ ◦ ◦

비즈 팔찌 매듭 묶어주느라 땀 뻘뻘 흘리던 중 "선생님 많이 힘들어요?"

두루마리 휴지 뜯어와 내 이마를 문질러주는 꼬꼬마. (내 화장 안녕…….)

"팔 아파요?" 쪼꼬만 손으로 팔 주물러주는 꼬꼬마.

"괜찮아! 고마워!" 갑자기 힘이 막 솟지는 않았지만(?) 그래도 위안이 됨. 사람답게 잘 크고 있구나 하는 위안.

∘ ∘ ∘

우리 반 꼬꼬마들이 다른 반에 비해 많이 어리긴 하다. 그래서 공부 가르칠 때 에너지가 세 배쯤 더 드는 편임에도 불구하고 다른 반보다 열 배쯤 순수하고 착하고 귀엽고 깜찍하고 다 한다고 스스로 세뇌 중. 아침에 막 놀다가 환기송 나오면 주섬주섬 책상에 앉아 가르쳐준 대로 허리 쫙 펴고 앉아 있음! 너네 정말 짱이다!

6 월의 알림장

어느새 우리 아이들이 입학한 지 100일이네요. 순식간에 시간이 훅훅 지나가는 느낌입니다. 정신을 차려보니 아이들이 한결 의젓해진 것이 눈에 보이고, 오늘 팔찌 끈 묶어주느라 땀을 뻘뻘 흘리는 제 곁에서 땀도 닦아주고 부채질도 해주는 배려 넘치는 아이들이 되었습니다.

사진을 찍고 같이 뭘 만들고 꾸미면서도 "선생님 힘드시죠?"라고 절 챙기는 모습을 보며 새삼 아이들의 마음이 넓고 깊어졌음을 느낍니다. 정신없는 하루였지만 아이들 얼굴 가득 담긴 기쁨과 행복을 보며 보람 있었습니다. 남은 시간 동안 더 최선을 다해보겠노라 다짐해보았네요.

오전에 학교에 입학한 지 100일이 되었다는 것의 의미에 대해 이야기를 많이 나눴답니다. 나중에 보호자님과 아이들이 서로 마음을 나눌 수 있는 다른 기회를 준비하겠습니다. 좋은 하루 마무리하시기 바랍니다.

6월 10일

실물화상기로 교과서 비추며 수학 수업 진행 중, 책에 '더 많습니다'라고 썼더니 우리 꼬꼬마들 착 연필 들어 그대로 따라 씀. 세상에나! 시키지도 않았는데 무려 '필기'를 한 게 아닌가! 여덟 살인데 6학년보다 낫다고 오버하며 칭찬. 그 뒤로 수업 태도 더 반듯, 열정 다해 공부한 건 안 비밀!

6월 14일

종이접기도 서툴고 글씨도 서툴고 꼬마 빗자루질도 서툴고 젓가락질도 서툴고 지퍼도 잘 못 올리고 색칠도 삐뚤삐뚤, 밥만 먹으면 입가에 자꾸 묻히고 뭘 자꾸 쏟고 동문서답하고 잃어버리고 찢어먹고 눈물은 금방 그렁그렁하고 못 한다고 자꾸 가지고 나와도…… 귀여우면 장땡이지. 너의 모든 것이 선생님은 다 예쁘고 다 귀엽다!

○ ○ ○

에어컨 고장이 웬 말이오……. 스물일곱 명의 꼬꼬마와 늙고 지친 교사 한 명은 교실에서 울었소…….

바람 한 점 없는 습하게 더운 날. 꼬꼬마와 교사는 땀을 뻘뻘 흘리며 태양 모양 종이접기를 하다가 두 번 울었소. 지은 지 얼마 안된 학교는 선풍기도 없다오.

찬물만 벌컥벌컥 들이켜며 서러워 울었소.

으아아아아.

○ ○ ○

급식 지도를 매일 한다. '다 먹어!' 이런 지도가 아니라, 맛있는 음식을 준비해주신 분들께 감사해하는 마음으로 먹기 싫은 음식도 한 입씩만 먹어보자 정도로만. 꼬꼬마들이 안 먹어본 다양한 식재료와 조리법이 급식에는 존재한다. 용기를 갖고 여덟 살의 세계를 조금씩 넓힐 수 있는 시간이기도 하다.

낯선 비주얼과 냄새, 뭔지 모를 이상한 느낌에 선뜻 손이 안 가서 망설이다가도 용기를 내 작게 한 입 깨물어 먹어보고 눈이 휘둥그레지며 "이거 뭐예요? 맛있어요!"라고 할 때, 그리고 아구아구 먹고 더 받아서 먹고 주변 친구들에게 열혈 홍보하는 꼬꼬마를 발견할 때면 넘 기특하고 자랑스럽다!

6월 15일

10의 짝꿍 수를 배우며 손가락으로 퀴즈를 내기 시작. 내가 손가락 1개를 펴면 꼬꼬마들은 9개를 펴고. 3개를 펴면 7개, 6개는 4개. 이런 식으로 진행하는데 시간이 지날수록 손가락들이 어지러워지더니 다들 울상…….

미안하다. 너네 소근육 발달이 덜 되었다는 사실을 잠시 잊었어. 앞으로 50까지 배울 수 있겠니…….

∘ ∘ ∘

지난주부터 교실 에어컨 상태가 좋지 않더니 이번 주 내내 먹통. 덥다고 아우성치는 꼬꼬마들에게 "선생님이 AS 불렀어!" 하고 달램.

오늘 아침 교실 들어가자마자 한 꼬꼬마 왈,

"선생님! SBS는 언제 와요?"

1초 정도 머리가 멍. 곧바로 대답.

"어! 내일 온대!"

개떡같이 말해도 찰떡처럼 알아듣는 1학년 교사. (으쓱)

∘ ∘ ∘

초등학교 1학년 담임교사의 서랍에는… 손톱깎이, 캐릭터 밴드, 모기약 연고, 상처 연고, 소독약, 면봉, 알코올 솜, 머리 고무줄, 머리빗, 비타민 사탕, 물티슈, 알록달록 스티커, 여분 마스크 등등이 있어서 번잡스럽기가 이루 말할 데가 없는데…… 놀랍게도 이 많

은 것들을 매일매일 사용한다는 사실. (일단 눈물 좀 닦는다)

° ° °

쉬는 시간에 뭘 막 만들더니 갑자기 "한번 써보세요."라며 색종이 왕관을 줌. ('오다 주웠다' 느낌으로 툭 던지는 말투가 킬포인트.) 고맙다며 냉큼 받아 머리에 쓰니 "우와, 진짜 예쁘다." 감탄해줌! (그러나 '예쁘다'의 주체가 왕관인지 나인지는 모른다는 게 함정.) 넘 맘에 든다며 꼬꼬마들 앞에서 셀카 찍기!

뿌듯해하는 녀석들.

° ° °

꼬꼬마들 상처에 밴드 붙여주고 머리 묶어주고 옷매무시 만져주는 내가 다른 선생님들이 보기엔 유난 떠는 교사로 보일 수 있겠으나, 사실 저 상황들을 해결해주지 않으면 계속 신경 쓰며 산

만해져 수업에 집중하지 못하기 때문이다.

여덟 살은 그런 나이에요. 이 모든 것들이 결국 다 나름의 수업 준비이자 아이들과의 래포(rapport) 형성 과정.

6월 16일

아이의 도전에는 어른의 촘촘한 관심과 격려가 필요하다. 얼마나 성취했는가의 여부보다 그 과정의 순간순간마다 느끼는 모든 감정이 아이를 자라게 하고 있는가에 집중해야 한다. 과정을 즐기는 법을 배우는 것이 얼마나 중요한지, 그게 우리의 험악한 삶 속에서 어떤 지지대가 되어주는지 지나온 삶 속의 경험으로 잘 알지 않는가.

° ° °

옛날에 비해 요즘 1학년 꼬꼬마들이 많이 어리다 느낀다. 혼자 뭔가 해보는 기회가 적어져서인 듯. 다 해주는 게 사랑이 아님을 보호자님들이 아셔야 하는데. 아이들은 실패를 통해 배운다. 아이들은 좌절하거나 포기하는 경우가 적다. 주변에서 괜찮다고 말해주는 어른을 믿기 때문이다. 여덟 살, 뭐든 해봐도 되는 나이다.

매일 같이 등교하는 ♡♡이와 @@이. 아침에 @@이만 있길래 "♡♡이는?" 물었다.

"마스크가 검정색이라 삐져서 늦게 온대요."

뭐? 때마침 신발장 앞에 도착한 ♡♡이. 냅다 달려가

"어머, 우리 ♡♡이 마스크 까만색이네? 선생님이랑 똑같네? 역시 멋쟁이는 블랙이지!"

선수 쳐서 주접떨었더니 ♡♡이 표정 급 좋아짐. (뿌듯)

∘ ∘ ∘

급식시간에 미숫가루가 종이컵에 나옴. 이게 뭐냐는 질문에 설명을 듣고도 미심쩍은 눈으로 보며 망설이더니 한 번 맛보고 리필해 먹기 시작. 옆 반 꼬꼬마가 "오늘 숟가락 맛없어요." 했단 소리에 다들 순간 '숟가락이 뭐야?' 하다가 웃음 터짐. 미숫가루, 너희들에겐 낯선 음식일 수도 있겠다. (하하)

· · ·

창밖의 날씨가 너무나 멋져서 "여름을 만끽하러 나가자!" 꼬꼬마들 데리고 학교 한 바퀴. 쨍쨍 햇볕 쬐고 시원한 바람, 흙 냄새, 풀 냄새, 꽃 냄새 맡고 온몸으로 여름을 느낌. 〈싱그러운 여름〉 동요를 틀어주니 덩실덩실 춤추며 다들 싱글벙글. 여름 단원 도입 수업 제대로 함! 멋진 하루였다.

6월 17일

식판을 받아 차례차례 자리에 앉는데 살짝 순서가 꼬였는지 가운데 한 자리를 남겨놓고 앉은 꼬꼬마들. 우리 반 최고 똘똘 꼬꼬마가 자신 있게 외쳤다.

"야! 선생님이 띄어쓰기하지 말랬단 말이야!"

아놔. 혼자 폭소하는 나를 어리둥절 쳐다보는 꼬맹이들.

니는 띄어 앉지 말라고 했어, 애들아…….

6월 20일

하……. 내일이 월요일이라니……. 9시간 후에 출근이라니…….
내 주말……. 하……. 학교 가기 싫다…….
(네가 선생님인데 학교 가기 싫음 어쩔래.)
나도 어쩔 수 없는 직장인.

6월 21일

월요일. 나의 예상에 한 치의 어긋남 없이, 업무가 물밀듯 몰려
옴. 애들 보내고 나서 폭풍 업무 처리. 교사로 숨 쉬는 건 애들이
있을 때만, 그 이후로는 행정 업무 기계. 한 반에 스무 명만 넣고
행정 업무 확 줄여주면 대한민국 공교육 문제 절반은 해결되지 않
을까? 정신적으로 너무 피곤했던 월요일…….

6월 23일

부채 만들기 수업을 하며 아이들이 꾸밀 부채를 나눠줬더니
"선생님! 여기에 플라스틱이 있어요!"

꼬꼬마들 난리법석.

기후 변화 위기 환경교육을 내가 너무 빡시게(?) 했나?

아껴서 오래 쓰면 된다고 설득(?)하고 나서야 수업을 시작할 수 있었음.

웃기면서도 새삼 내가 가르치는 내용에 대한 책임감을 느낀 하루.

6월 24일

초등학교 1학년에게 냉소적인 세상 이치를 가르치나? 당연히 인간으로서 지키고 살아야 할 기본적인 가치를 가르쳐야 한다. 가치관을 만들어간다는 건 무에서 유를 창조하는 게 아니라 기본적인 틀을 다양한 형태로 조형하는 것 아닌가. 적어도 기본은 갖춰야 스스로 조율을 하지. 초등학교 1학년의 도덕 관념 형성이 중요한 이유.

'초등학교 교과서에나 나올 법한 말 하고 있네…….'라는 말에서 모욕감을 느끼는 것 역시 같은 이유다. 그렇게 삐딱한 태도로 삶의 가치를 폄하하며 사는 이들이 얼마나 잘 살고 있는지 궁금하다. 적어도 살아가면서 가슴 한켠에 옳고 그름이 무엇인지 머리로라도 아는 사람과, 전혀 개의치 않는 사람의 삶은 분명 다를 거라 믿는다.

문장 쓰기를 하다 "넘 손이 아파요." 울먹거리는 꼬꼬마에게 "자꾸 써봐야 안 아픈데 어쩌지." 안타까운 눈빛을 보냈더니 쪼꼬만 손을 스스로 쪼물딱 주무르더니 입을 앙다물고 눈에 레이저 쏘며 열심히 쓴다. 아이고 기특해라. 아이고 예뻐라. 나도 모르게 머리통 쓰담쓰담. 작지만 알찬 걸기!

◦◦◦

이번 주도 너무 열심히 살았다. 영혼은 한량인데 현실은……

출근해서 애들이랑 열심히 생활하고 애들 하교 후엔 열심히 수업 준비만 하는 학교 삶을 꿈꾼다. 진짜 각종 행정 업무 지긋지긋하다. 내 오랜 교직생활에서 손꼽히는 불행 요소. 넘 피곤하여 몸살기가 옴.

조퇴 내고 집에 와 누웠다. 에너지 마이너스.

6월 28일

"얘들아. 오늘 교감 선생님이 교실 검사(?)하러 오신대. 아침 팽이 놀이는 오늘 하루만 참고 심심풀이 공책 좀 하고 있자."

나의 부탁(?)에 눈 반짝이며 적극적으로 협조한 꼬꼬마들. 순식간에 고3 교실 분위기를 조성하여 지나가던 선생님들을 경악하게(?) 함. 우리 반…… 진짜 너네는 중간이 없다야. 매력덩어리들.

∘ ∘ ∘

이해의 시작은 관찰이다. 표정. 눈빛. 갈등을 대하는 태도. 가족 이야기. 스트레스를 해결하는 방법. 이 모든 것을 바탕으로 아이에 대한 이해를 넓혀간다. 같은 문제 상황이라도 아이를 대하는 것이 각각 다른 까닭이기도 하다. 하나의 존재로 온전히 존중받는 경험이 쌓여 스스로를 소중히 여길 수 있길.

6 월의 알림장

　한글을 잘 읽는 친구들도, 숫자 계산을 잘하는 친구들도 학교에서 교육과정에 맞게 차근차근 단계를 밟아 문제를 풀거나 학습 상황을 제시하면 잘하지 못하는 경우가 있습니다. 단순히 읽고 쓰는 것이 중요한 것이 아니라, 바르게 정석대로 배우는 것이 1학년에서는 중요한데, 사실 그걸 제대로 익히는 데는 많은 시간과 노력이 요구됩니다.

　한글 자음을 획순대로 쓰는 것, 연필을 바르게 잡는 것, 글자의 모양을 반듯하게 쓰는 것. 이 모든 기본 단계를 찬찬히 가르치다 보면 우리 반 친구들 모두 처음 시작하는 것과 마찬가지의 상황이 되기도 합니다.

　수학 역시, 단순한 더하기 빼기를 해서 답을 내는 것이 아닌, 상황을 보고 문제를 만들고 더하고 빼는 의미를 수학적인 논리로 머릿속에 익혀야 하다 보니 나는 계산 잘한다고 어깨 으쓱이던 친구들도 갑자기 겸손(?)해질 수밖에 없는 상황이 생긴답니다.

　우리 아이는 이런 거 다 아는데 왜 자꾸 복습을 하고 아는 걸 반복해서 가르치는지 혹시 궁금해하실까 싶어 긴긴 사족을 달아봅니다.

성장을 위해서는 항상 내가 조금 더 노력하고, 조금 더 해보는 그 사소한 차이가 중요하답니다. 조금 어렵지만 한 번 더 해보는 것. 한 글자 더 써보는 것. 한 번 더 읽어보는 것. 한 번 더 풀어보는 것. 아이들이 조금씩 노력하는 '조금 더'의 순간들이 모여 1학년을 마칠 때쯤 눈부신 성장의 모습이 될 거라 믿어 의심치 않습니다.

기초기본학습은 아무리 다져도 부족하지 않습니다. 1학년, 아직 말랑말랑한 머리와 가슴으로 선생님의 말을 잘 듣고 몸으로 익히려 애쓸 때 제가 잘 자리 잡게 해주고 싶습니다. 지금 만든 학습 습관이 오래오래 아이의 삶에 자양분 역할을 할 수 있길 바라봅니다.

가위질해서 풀칠하는 게 힘들까 봐 라벨지로 뽑아줬더니, 라벨지 껍질을 못 벗기는 불상사가……. 순식간에 내 앞에 라벨지 들고 줄 선 꼬꼬마들……. 다시 라벨지로 학습지 만들면 내가 성을 간다! (라고 썼지만, 애들은 스티커 종이라고 부르며 매우 좋아해서 마음 흔들림)

◦◦◦

1부터 50까지의 수 읽기 배우면서 배스킨라빈스 게임을 했는데 우리 꼬꼬마들 두 눈 빛내며 50 안 걸리려 몸부림. 바둑돌 짤짤이(?)하며 몇 개인지 말하고 맞히고, 미니 화이트보드로 골든벨 게임을 하며 신나게 숫자 공부한 하루. 교과서에 놀이학습이 있어 좋지만, 재미있진 않아서 아쉽다. 따로 놀이를 매 시간마다 개발해서 해야 함.

◦◦◦

〈구슬비〉 노래 수업 준비를 하다가 〈구슬비〉 노래를 쓰신 권오순 시인의 위인전 앞 머리말을 읽었다. 다시 곱씹어 읽어본 노랫말이 너무나 아름답다. 아이들에게 이야기해줘야지.

∘ ∘ ∘

우리 마법소년, 오늘 만든 모빌이 제법 맘에 들었는지 "저 진짜 잘했죠? 저 잘했어요?" 무한 반복 계속 물어본다. 백 번 물어도 하나도 지겨워하지 않고 백 번 다 잘했다고 칭찬하며 웃어줄 수 있다. 너의 마음이 내 칭찬으로 가득 채워져 찰랑찰랑해질 때까지. 그게 나의 역할. 그게 나의 애정.

∘ ∘ ∘

매일매일 우리 반 꼬꼬마들에게 그동안 가르친 1학년 중 여러분이 제일 집중 잘하고 바른 자세로 열심히 공부한다고, 여러분은 정말 훌륭한 1학년이라고 거듭 감탄. 객관적 사실(?) 여부를 떠나 내가 매년 그렇게 생각한다는 게 중요하다! (그 말에 더 잘하려는 꼬꼬마들의 귀여운 노력은 보너스!)

6월의 알림장

국어 진도를 나가다 보면 급격히 어려워지는 구간이 있습니다. 받침을 배운 지 얼마 되지도 않았는데 문장으로 넘어가다 보니 아이들이 많이 버거워하지요. 글이라는 것은 사실 충분한 연습 기간을 거쳐 익혀야 하는 종류입니다.

1학년 국어학습에서 한글 학습은 정말정말 중요합니다. 이 시기에 한글의 기초를 만들어놔야 2학년에 올라가서 공부를 잘 따라갈 수 있지요. 공부를 잘하는 게 중요한 게 아니라, 학교에서 하는 모든 교과 활동이 한글을 안다는 전제 아래 이뤄지는 것이 많다 보니, 아이들이 한글이 서툴면 자신감이 떨어지고 공부 자체에 흥미를 잃는 안타까운 경우를 저는 많이 봐왔습니다.

맞춤법은 틀려도 됩니다. 소리 나는 대로 쓸 수만 있다면 맞춤법은 천천히 고쳐가면 되니까요. 1학년은 한글을 잘 몰라도 처음부터 하나씩 배우는 게 당연한 시기라, 이 시기를 잘 활용하여 한글의 기본을 만들어놔야 아이들의 성장에 든든한 바탕이 된답니다.

익혀야 할 것들을 제 시기에 익히는 것은 단순히 공부를 따라가고 말고의 문제가 아닌, 아이의 감정과 자신감, 사회성에 큰 영향을 미칩니다. 한글이 서툰 아이들이라면 가정에서 꾸준히 복습을 하거나, 크게 소리 내어 낭독을 하는 등, 다양한 노력을 병행해야 합니다.

학교에서는 최대한 시간을 효율적으로 사용하여 아이들이 배울 수 있도록 최선의 노력을 기울이고 있습니다. 학교에서는 이것보다 더 많이 하면 아이들이 힘들어한답니다.

도움이 필요하시다면 저에게 언제든지 연락을 주시기 바랍니다. 보호자님의 요청이 있을 시 저도 열심히 추가보충 자료를 배부하여 도움을 드리겠습니다. 가정에서도 관심을 꼭 가져주시기 바랍니다.

하루에 한 시간 정도는 꼭 아이가 필요한 공부를 할 수 있게 해주세요. 정해진 시간에 정해진 공부를 꾸준히 하는 습관을 만드는 것은 매우 중요합니다.

벌써 아이들이 입학한 지 4개월을 꽉 채웠네요. 남은 시간 아이들이 배움이 있는 성장을 꾸준히 지속할 수 있도록 저도 최선을 다하겠습니다.

7월

가르치는 기쁨과 배우는 기쁨이 만나는 순간

7월 1일

"선생님!"

작년 꼬꼬마들, 재작년 꼬꼬마들은 마주칠 때마다 너무나 반갑게 인사를 해준다. 어제 보고 오늘 또 봤는데도 두 번 다 충전 가득된 반가운 인사.

아홉 살, 열 살이 되어 훌쩍 자랐는데, 인사할 땐 여전히 그때 그 시절 여덟 살 꼬꼬마들이 되어 폴짝인다.

잘 자라고 있구나. 기특.

∘ ∘ ∘

신기하게도 아이들을 위한 일을 하는 오후는 힘들어도 지치지 않는다.

다 끝내고 나면 기운은 없지만 보람 있다.

행정 업무를 하다 보면 내가 왜 이런 것까지 문서 작성을 하고 있나 싶어서 너무너무 화가 난다. 세월이 아무리 흘러도 도무지 익숙해지지 않는 뚜껑 열림.

퇴직할 때까지 아마 그렇겠지?

학부모 공개수업을 직접 할 수가 없어 영상으로 찍어 공개하기로 함.

수업 찍을 땐 몰랐는데 나중에 영상 편집을 하다 보니 탬버린을 머리로 치는 꼬꼬마, 무릎으로 치는 꼬꼬마, 엉덩이로 춤추는 꼬꼬마, 혼자 흥에 겨워 리듬 타는 꼬꼬마들을 다수 발견.

그저 학부모님들이 이것조차 즐겁게 봐주시길 바라는 수밖에……. (눈물 닦음)

비 예보 믿고 우산, 장화 챙겨 비 수업 준비한 꼬꼬마들. 그러나 하늘은 먹구름만……. 시무룩한 꼬꼬마들을 위해 학교 텃밭 안 수도 호스를 활용하여 신나게 우산 위로 물을 뿌려주었다.

꼬꼬마들의 환호성! 너무너무 재미있었다고 급 흥분하여 귀가!

(아이들의 비명(?)을 즐기려 살짝씩 우산 밑으로 물 뿌려준 건 안 비밀)

팔은 뻐근했지만 너희들이 즐거웠으니 보람차다!

동기 유발을 위해 실로폰으로 〈구슬비〉를 연주했는데 우리 반 꼬꼬마들이 너무나 큰 박수로 환호하며 "선생님 진짜 잘 쳐요!"라고 칭찬해주었다…….

'미솔솔파 미솔솔파'가 그렇게 칭찬받을 연주는 아닌데……. (코 쓱 훔침) 약간 부끄러워하며 고맙다고 말했다.

7월 9일

그저께는 백신 예약 대란, 어젯밤은 원격 준비 대란으로 이틀 내내 하얗게 불태운 탓에 오늘 컨디션 바닥. 정신없이 폭풍처럼 애들짐 챙겨 보내고 생각해보니 언제 또 볼지 모르는 우리 반 꼬꼬마들, 인사라도 마음 담아 해줄걸. 진짜 정신이 없어서 오전에 이미 영혼과 육체가 분리되어 있었다.

○ ○ ○

미처 창의 미술 스케치북 못 챙긴 꼬꼬마들이 오후 늦게 교실로 난입, 스케치북 챙기며 보너스로 날 꼭 안아주고 갔다. 땀이 촉촉하게 밴 이마를 나에게 부비고, 달콤 끈적한 냄새가 나는 손을 흔들며, 오전 내내 봤는데도 아쉬움 가득한 폭풍 손흔듦으로 하루종일 지친 나를 위로해줌.

○ ○ ○

오늘 꼬꼬마들 원격수업 2주치 학습 활동지 챙겨 보내려면 등사를 산더미처럼 해야 하는지라 1학년 선생님들 모두 8시 전 출근. 퇴근도 늦게 함. 초과근무 달 생각도 못 했던 정신없는 하루. 누가 시키지도 않는데 자발적으로 열심히 하는 으쌰으쌰 분위기 덕에 버티는 하루하루. 우리 학년 선생님들이 자랑스럽다. 어벤져스팀이다, 정말. 우주 정복 가능할 듯.

⑦ 월의 알림장

학부모 공개수업 영상 잘 보셨는지요? 전체적인 수업을 20분으로 줄여 편집하려니 좀 어려움이 있었습니다만 최대한 편집(?)의 묘를 살려보았습니다. (코로나 시대에 느는 것이라고는 각종 영상 편집 기술 및 기자재 다루는 기술인 것 같아요. 자막을 넣다가 예능 피디가 된 듯한 기분을 느꼈습니다.)

공개수업을 보시면 보통 내 아이에게 시선이 집중되는 것이 당연하지요. 그러다 보니 왜 내 아이가 바른 자세로 안 앉아 있지? 왜 자꾸 주변을 두리번거리지? 왜 선생님이 하라는 거 안 하고 딴짓을 하지? 아마 많은 부분을 지적하고 싶은 분들도 계실 거라 생각합니다.

하지만. 여덟 살 아이들이 한 가지 주제를 가지고 저렇게 열심히 수업을 할 수 있다는 것만으로도 우리 반 아이들은 칭찬받아 마땅합니다. 여덟 살의 발달과정상 집중력이 빨리 떨어지고, 반복되는 학습을 견디기 어려워하는 건 당연하답니다.

저도 영상을 편집하면서 새삼 감탄했습니다. 오래도록 1학년을 가르쳐온

제 눈에는 우리 반 아이들이 힘들 텐데도 시간 내내 최선을 다하는 모습이 너무나 기특했거든요.

오늘 아이들에게 공개수업하는 영상 잘 봤노라고, 네가 열심히 공부하는 모습을 보니 너무 자랑스럽다고, 1학년 입학한 지 얼마 되지도 않았는데 너무 어엿한 1학년의 모습으로 수업에 잘 참여하는 모습이 인상적이었다고, 따뜻한 격려를 해주시기 바랍니다.

사실 중간중간 아이들과 재미있는 농담도 하고 막 웃고 즐겁게 하는 모습도 있었는데 편집하다 보니 부득이하게 그 부분을 편집하고 열심히(?) 하는 모습만 담게 되었습니다.

초상권과 개인정보 보호 문제로 인해 짧은 시간 동안만 업로드된 점 양해해주시길 바라며 잠시나마 보호자님께 내 아이의 학교생활을 엿볼 수 있는 의미 있는 시간이 되었으리라 믿고 싶습니다.

그럼 행복하게 하루 마무리하시길 바랍니다.

7월 10일

낮에 통지표 종합의견 쓰다 새삼 우리 반 꼬꼬마들 생각.

월요일부터 2주간 온 힘을 다 끌어다 써야 하기 때문에 집에 남아 있던 스콘 두 개에 클로티드 크림을 발라 야무지게 먹고 커피 내려 벌컥벌컥 마신 뒤 소파에 드러누워 책을 펼침.

힘을 모아놔야 한다. 마무리를 잘해야 찜찜하지 않게 방학을 맞이할 수 있다. (불끈)

˚ ˚ ˚

이번 주말엔 학기 말 성적 처리 작업을 하고 꼬꼬마들에게 보낼 비공식적인(?) 개별 편지를 쓸 예정이다……. 예… 예정이다.

사실 요 근래 너무 지쳐 기운을 바닥까지 긁어 쓴 듯했는데, 전면 원격 전환으로 직격타를 맞았다.

한 학기를 마무리하며 이토록 찜찜하긴 처음. 마음의 준비가 안됐다. (흑흑)

7월 12일

꼬꼬마들 데리고 오전에 줌 수업. 평소에도 조잘조잘 하고 싶은 얘기 백만 가지인 꼬꼬마들. 시간 차 있고 렉 걸려 버벅이니 답답증 도지는지 점점 시무룩. 혼신의 힘을 다해 동화책 읽어주고 마무리. 수업은 얼굴 보고 해야 하는데……. 특히 1학년…… 마무리할 게 많은데……. 나도 답답하다. (한숨)

7월 13일

줌 수업 중. 아장아장 걸어와 "오빠아아아!" 혀 짧은 소리를 내던 꼬꼬마의 귀요미 동생은 순식간에 화면에 등장한 어머니(?)로 추정되는 팔뚝에 낚아채져 빛의 속도로 사라짐. (대폭소) 넘 웃겨서 수업하다 말고 끅끅 웃었다. 울 반 꼬꼬마들은 영문을 모르고 고개 갸웃. 화면 밖 어머님만 내 맘 아실 듯.

○ ○ ○

칭찬과 인정, 감사를 전하는 데 망설이지 말자. 아무도 몰라주는 듯했던 내 노력과 고생을 누군가 알아준다는 거 얼마나 뿌듯한 일인가. 엊그제 맥가이버 같은 나이 지긋하신 시설 주무관님께 진짜 뭐든 잘하신다고 감탄과 더불어 감사를 전했더니 쑥스러워하시면서도 행복하게 웃어서 괜히 내 맘이 찡.

작년 줌 수업 때는 내복 바람의 언니 오빠 옆에 똑같은 내복을 세트로 입은 미취학생 동생들이 나란히 앉아 같이 종이접기도 하고 선생님(?) 구경도 하고 그랬었다. 너무너무 귀여웠지만 수업에 방해(?)가 되는 경우도 많아 올핸 부득이하게 제한. 가끔 화면에 출몰하는 귀요미들을 보는 재미가 있었는데 조금 아쉽다.

∘ ∘ ∘

줌 수업을 하다 수학 학습지 꺼내랬더니 꾸러미 뒤적거리던 꼬꼬마 결국 못 찾겠다며 으앙 울어버림. "괜찮아! 울 일이 아니야! 천천히 찾아도 돼!"를 체감상 백 번쯤 주문 외우듯 반복하고서야 눈물 그침. 화면 밖에서 등장한 아빠 손(?)이 다급히 꾸러미 뒤적이는 장면 실시간 중계. 이래저래 모두가 힘들다.

7월 14일

느긋하게 스물일곱 명의 통지표 종합의견을 정성 들여 썼다. 꼬꼬마들 한 명 한 명 떠올리며 꼼꼼히 작성하다 보니 정해진 틀 안에서만 쓰는 게 좀 답답. 좀더 자유로운 형식으로 쓸 수 있다면 정말 마음을 담아 쓸 수 있을 텐데. 잡다구리한 거 다 빼고 아이의 한 학기에 대한 종합 리포트 한 쪽씩 쓰고 싶다.

∘ ∘ ∘

드디어 유예기간이 끝난 수도권 학생들이 줌에 몰려든 날…… 각오는 했지만 끊임없이 튕겨 나가는 꼬꼬마들. 선생님 목소리 안 들린다고 아우성. 화면이 멈췄다고 아우성. 80분 동안의 헬게이트 체험. 하필 오늘 목소리 연극 수업…… 망했어! 수업 끝나니 나의 고군분투(?)를 실시간으로 목격하신 보호자님들이 고생하셨다고 위로 문자를 보내주셨다. (흑흑)

7월 15일

늦게까지 수업 준비하고, 우리 반 애들 걱정하고, 주어진 업무 아둥바둥 해내는 대한민국의 수많은 선생님들. 아이들을 위한 마음

+내 일을 잘 해내고 싶은 직장인의 프로의식이 없다면 결코 못 할 일이다. 편협한 경험치를 일반화하여 빈정거리는 사람들의 발언이 교사들의 의욕을 꺾어 차츰 냉소적인 길을 걷게 만듦을 알까.

7월 19일

방학 때 왜 월급 받냐 그러길래 겸직 허용 안 되는 교사가 방학 때 굶어 죽으면 안 되니, 1년 연봉 열두 달로 나눠서 주는 게 교사 월급이라 하고. 왜 퇴근 빨리 하냐 그래서 9시~6시 대신 8시 30분 ~5시 30분인데 점심시간에도 애들 지도해서 근무시간으로 잡혀 4시 반 퇴근이란 설명을 교직생활 내내 하고 있습니다. (지겹)

ㅇ ㅇ ㅇ

모든 직종에는 열심히 하는 자와 월급도둑인 자. 직업윤리에 충실한 자와 쓰레기 같은 자가 혼재되어 있다. 내가 보고 듣고 판단한 모습이 그 직업의 전부일 거라고 생각하지 말자. 타인의 직업을 함부로 폄하하는 사람이 되지 말자. 존중할 줄 아는 사람이 존중받는다. 스스로 먼저 괜찮은 이가 되자.

줌 수업 끝나며 집에서 제일 귀여운 것, 내가 제일 아끼는 것을 선생님에게 보여주고 가라는 말에, 인형, 사슴벌레, 강아지, 고양이, 각종 장난감이 다 등장. 그러나 최고 압권은 아장아장 걷는 동생을 데려와 낑낑거리며 들어 올린 꼬꼬마였다! 온 얼굴 가득한 '내 동생 귀엽죠'에 빵 터짐.

。。。

1학년 수업의 가장 큰 매력. 엄청 설레는 표정으로 줌 화면에 등장하는 꼬꼬마들. 가르치는 기쁨과 배우는 기쁨의 환상 콜라보. 문제를 푸는 정수리 머리꼭지까지 사랑스러운 여덟 살 꼬꼬마들의 공부 열정. 아쉬우면 아쉬운 대로 주어진 곳에서 최선을 다해 즐기는 우리 꼬꼬마들. 자랑스러울 수밖에!

줌 수업 마무리하면서 "여러분 많이 보고 싶어요. 화면으로만 봐서 아쉽지만, 그래도 못 보는 것보다는 낫죠?" 그랬더니, "맞아요! 전 선생님 얼굴만 봐도 기분이 좋아져요." 아…… 진짜. 무방비 상태로 심장 어택. 말 한마디로 날 행복하게 만들어주는 꼬꼬마들의 능력! 보고 싶다, 우리 꼬꼬마들.

° ° °

자투리 시간을 이용, 온 영혼을 바쳐 엄청 실감 나게 그림책을 읽으며 "꾸웨에에엑!" 하고 늑대 비명 소리를 연기한 그 순간. 나는 듣고야 말았다. 모니터 밖에서 재택근무 중이 분명한 꼬꼬마 아버님의 큭 하고 웃음 참는 소리를……. 괘… 괜찮아……. 나는 괜찮다. 아무렇지 않다. (먼 산)

° ° °

그림일기 쓰기 수업. 열심히 집중하는 정수리 머리꼭지가 사랑스럽다. 볼때기 긁적이며 미간 모아 한 글자씩 쓰는 모습. 교실에서 수업했으면 하나하나 봐줄 텐데. 1학년에게 줌 수업은 너무 제약이 많다. 등교부터 하교까지 매 순간이 다 수업인데. 한 시간 넘어가면 당연지사 저절로 몸 꼬이는 줌 수업.

슬슬 쉬는 시간을 줘야겠다 싶을 무렵, "선생님! 저 똥 마려워요!" 우렁찬 꼬꼬마의 목소리. "와, 선생님이 쉬는 시간 줄랬는데 배가 딱 맞게 화장실 가고 싶었나 보네! 얼른 화장실 고고."

(좋아. 자연스러웠어. 매끄럽게 잘 넘겼어⋯⋯.)

신나서 화면 밖으로 사라진 너. 쾌변했니⋯⋯.

° ° °

줌 수업 화면 밖 보호자님이 있다고 생각하니, 교실에서 꼬꼬마들에게 숨 쉬듯 떨었던 주접들을 차마 꺼내지 못해서, 내 안에 차곡차곡 쌓이고 있다!

애들한테 주접떨고 싶다. 어이없는 농담 하고 싶다! 애들이 깔깔 웃는 거 보고 씨익 속으로 뿌듯해하고 싶다!

나 몸개그 엄청 잘하는데!

7월 21일

줌 수업 입장할 때, 쉬는 시간에, 음악을 틀어주는데 둠칫둠칫 어깨춤 추는 꼬꼬마들 덕에 항상 숨죽여 끅끅 웃음. 흥 많고 리액션 좋기로 유명한 우리 반. 내 주접력이 점점 올라가는 원인이다.

고학년 가서 이렇게 하면 다들 날 어이없게 쳐다봐서 '마상(마음의 상처)' 입는 거 아냐? 이러다 1학년에 뼈 묻을 판이다.

∘ ∘ ∘

방학과 동시에 병원 투어를 떠나는 선생님들. 나보다 먼저 방학 맞은 친구들이 병원에서 인증 샷을 보내며 이제야 맘 편히 병원 왔다고 하는 걸 보니 짠하다. (라고 쓰고 이틀 뒤 내 모습, 이라고 읽는다.) 몸과 마음이 너덜거리는 학기 말. 좀비처럼 출퇴근하는 나.

7월 23일

방학식. 아이들 사진과 그림을 모아 뮤직비디오 만든 걸 틀어주니 넘 좋아하며 신나게 노래 따라 부르고 한 번 더 틀어달래서 춤까지 추면서 즐기는 우리 꼬꼬마들. 어젯밤 늦게까지 만든 보람이 있다! 건강하고 안전하게 여름방학 보내고 다시 만나자!

ㄱ 월의 알림장

매일 등교를 하며 아이들과 함께 교실에서 즐겁게 공부한 1학기였습니다. 2주를 남기고 원격으로 전환된 것이 못내 아쉽지만, 이 또한 아이들에게 의미 있는 경험이 되리라 생각합니다. 함께 얼굴을 맞대고 공부를 한다는 것이 얼마나 소중한 시간인지 다시금 깨닫게 되었습니다.

한 학기 동안 저의 학급 운영과 교육 방침에 아낌없는 협조와 지지를 보내주신 보호자님께 진심으로 감사드립니다. 항상 아이들을 위해 최선을 다하려 노력하지만, 저 개인의 최선이 모두에게 최선이 될 수 없다는 맹점 역시 기억하고 있습니다.

아이들 한 명 한 명의 개성과 특징을 배려하여 학급을 운영하려 노력하지만 보호자님이 보시기엔 미진한 부분도 있으시리라 생각합니다. 언제든 귀를 열어놓고 보호자님의 의견을 경청할 수 있도록 하겠습니다.

방학 전 2주간 원격수업으로 마무리를 하긴 했어도, 지난 4개월간의 등교를 통해 우리 아이들이 눈부신 성장을 이룬 것은 부인할 수 없는 사실입니다.

정말 많이 자랐고 의젓해졌습니다. 보기만 해도 흐뭇하고 기특합니다. 아이들이 많이 보고 싶을 것 같아요.

아이들과 방학계획을 이야기 나누며 방학 중 즐겁고 재미있는 일이 있으면 뭐든지 사진 찍어서 보내달라고 이야기했습니다. 한 명 한 명의 방학이 저마다 의미 있는 시간이 되길 바랍니다. 부족했던 공부도 하고 지쳤던 몸과 마음을 쉬게 하는 진정한 휴식의 시간이 되었으면 좋겠습니다.

방학 중 특별한 일이 있거나 제가 알아야 할 상황이 생긴다면 꼭 연락 주시길 바랍니다.

여름방학 동안 우리 반 친구와 가족분들 모두 안전하게 지내시기 바라며 한층 성숙한 모습으로 2학기에 대면으로 다시 볼 수 있기를 소망합니다. 감사합니다.

8월

짧은 8월도 제법 바쁩니다

개학! 어딘가 모르게 훌쩍 자란 꼬꼬마들. 너무너무 학교 오고 싶었다며 헤헤 웃는 여덟 살의 해맑음. 너희도 곧 학교 가기 싫은 나이가 되겠지? 과제 걷고 방학 생활 근황 토크(?)를 하느라 떠들 썩한 오전. 언제쯤 마스크 벗고 신나게 같이 뒹굴며 놀 수 있을까.

○ ○ ○

"선생님, 아파요오. (훌쩍훌쩍)" 팔을 내민 꼬꼬마. 상처도 없고 깨끗. 책상에 부딪혔다고. 이건 다친 게 아니라 나의 액션(?)이 필요한 상황이군! 이럴 땐 뭐다? 조용히 영어 쓰여진 외제(?) 핸드 크림 살짝 짜서 발라주면 꼬꼬마 대만족! 금방 안 아파지는 신비의 명약을 발라주겠다며 큰소리 빵빵!

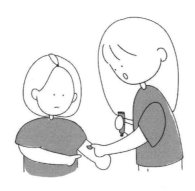

서랍 속 핸드크림은 때론 만병 통치약이 되어 원인을 알 수 없는 각종 치료에 쓰인다.

___

8월 24일

어제 오늘 물통을 엎어 주변을 물바다(…)로 만든 꼬꼬마들 연속 등장. 본인의 의도가 없는 단순한 실수는 절대 야단치지 않는 것이 나의 원칙이라 열심히 손으로 걸레질. 그러나 실수에는 책임이 따르니 해당 꼬꼬마도 함께 걸레질. 실수로 이미 속상한 아이에게 야단 대신 위로를 건네는 것이 어른의 의무다.

∘∘∘

하교 후. 청소기 밀고. 걸레질하고. 분리수거함과 쓰레기통 정리. 놀이 학습지 떨어진 거 채워 넣고. 테이프 리필해놓고, 과제 제출한 거 확인 후, 오늘 만든 작품 게시판에 붙이고, 내일 수업 자료 등사하고, 수업 준비 해놓은 뒤, 부장 회의, 공문 처리하니 퇴근 시간. 오늘도 화장실 한 번 못 갔다…….

8월 25일

5교시 하는 날. 한 칸 띄어 앉기 하느라 타 학년과 급식실 이용 시간이 겹쳐, 정말 전쟁터를 방불케 하는 눈치작전. 어여 먹으라고 독려하느라 정작 나는 밥을 '마심'. 이게 무슨 시트콤도 아니고. 애들도 불쌍하고 매일 밥 제대로 못 먹는 나도 불쌍. 코로나로 인해 망가진 일상 속에 모두가 고통받는다.

◦ ◦ ◦

꽤 많은 수업의 시작을 그림책 읽어주기로 하는 편인데, 우리 학년 선생님들과 수업 준비하며 이런저런 책 제목이 나오면, 사서 선생님께 그 책 있냐고 메신저로 질문. 5분도 안 되어 책을 연구실까지 배달해주는 세상 제일 스윗하고 멋진 우리 학교 사서 선생님 덕분에 1년 내내 꼬꼬마들과 같이 읽는 책 권수가 엄청 늘었다! 이런 사서 선생님과 함께 근무할 수 있는 것도 우리 모두의 복이다!

교실 빈 공간에 캠핑 테이블을 하나 놓고, 색종이, 풀, 가위, 색연필, 사인펜, 테이프, 색칠공부 종이 등등을 세팅해 둔 우리 반의 '핫플레이스'! 종종 보석 스티커도 놔주고 귀여운 캐릭터들도 인쇄해서 통에 넣어주는데 꼬꼬마들 정말 좋아함. 쉬는 시간마다 각자의 작업실 가동. 신기한 작품들이 계속 나옴!

∘ ∘ ∘

〈진정한 일곱 살〉이라는 책을 읽고 진정한 여덟 살에 대해 생각 나누기를 한 시간. 어쩌다 보니 만 나이를 설명하게 되었는데, 자기가 여덟 살이라 철석같이 믿었던, 생일 안 지난 여섯 살(?)짜리 꼬꼬마들의 '내가 여섯 살이라니!' 대충격을 받아 망연자실한 표정이 오늘 나의 웃음 버튼을 누름.

8 월의 알림장

　오늘 아이들과 나눈 이야기 중에 '실수'에 관한 주제가 있었습니다. 저는 교실에서 아이들이 실수를 한 것에 관해서는 야단을 치지 않습니다. 말 그대로 실수이기 때문입니다.

　아이들과 함께 이것에 대해 이야기를 나누어봤는데요.

　"실수를 하면 제일 많이 속상한 사람이 누굴까요?"

　"내 자신이요."

　"맞습니다. 실수하면 제일 속상한 건 자기 자신이지요. 이미 스스로 속상한데, 내가 하고 싶어서 한 실수가 아닌데 이것으로 야단을 맞거나 혹은 친구들의 비난을 받게 된다면 더 마음이 아프겠지요."

　아이들과 함께 역지사지의 정신을 살려, 나도 언제든 실수를 할 수 있는 존재임을 알고, 친구의 실수를 비웃거나 비난하지 않도록, 친구가 실수했을 때 내가 할 수 있는 가장 좋은 말은 "괜찮아."라는 것을 마음으로 익힐 수 있도록 오늘 '생각 나누기'를 했답니다.

가정에서도 실수에 대해서는 감싸주시고, 다음에는 더 조심할 수 있도록 당부의 말 정도로 대신하신다면 오히려 훈육이 필요한 상황에서 부모님이 하시는 말씀이 아이들 마음속에 더욱 효과적으로 다가갈 거라 믿습니다.

학교에서는 공부뿐만 아니라 나 아닌 다른 이들과 함께 어울려 살아가는 수많은 삶의 지혜를 몸과 마음으로 익히게 됩니다.

아이들이 어서 빨리 자유롭게 친구들과 교류하고 웃고 떠들 수 있는 날이 왔으면 좋겠습니다.

8월 26일

99까지의 수를 배우고 있는데, 여덟 살 꼬꼬마들에게 쉰, 예순, 일흔, 여든, 아흔은 첨 들어보는 너무나 낯선 말. 다들 눈빛이 흔들린다.

68을 예순 팔, 93을 구십 셋으로 쓰는 대혼란의 시기. 그러나 한 달 뒤 너희들은 자유자재로 읽고 쓸 것이다! 매년 그랬듯이! 그때까지 열심히 읽고 쓰는 수밖에…….

8월 27일

개학 후 긴 일주일이었다. 무탈하게 한 주를 마무리한 뒤 집에 와 잠시 정신줄을 놓고 한참을 누워 있었다. 꼬꼬마들과 함께한 오전보다 업무와 각종 잡무로 채워진 오후가 몇 배 더 힘들고 정신을 갉아먹는 듯. 행정 일을 전혀 안 하고 수업만 할 수는 없겠지만 인간적으로 돈 정산하고 시설 관리하는 건 빼자.

8월 30일

〈가을〉 수업을 마치고 쉬는 시간.

진지하게 나에게 와서 질문하는 꼬꼬마. "선생님! 가을은 몇 밤 자면 와요?"

……. (잠시 말문 막힘)

"어… 그러니까…… 그게 지금 올락 말락 하는데 가을이 오면 선생님이 말해줄게!"

꼬꼬마 급 만족하고 자기 자리로 감.

여러분, 가을은 몇 밤 자야 옵니까…….

8월 31일

우리 반 한글 까막눈 꼬꼬마에게 교육청에서 진행하는 방학 중 1:1멘토 한글 프로그램 신청해서 연결해줬더니 방학 동안 열심히 했나 봄. 개학하고 자신감 만빵. 수업 집중도 최고! 너무나 기특하여 어머니께도 문자 보내 꼬꼬마 칭찬했더니 아이가 방학 동안 진짜 열심히 했다며 연결시켜주셔서 고맙다는 답장을 받음. 편견 없이 쾌히 보내신 어머니께 더 고마웠다는 건 안 비밀. 이렇게 금방 잘할 수 있는데! 기회는 잡아야 한다!

🎱 월의 알림장

  제 컨디션이 좋고 나쁨과는 상관없이 아이들에게는 항상 한결같은 모습을 보여주기 위해 노력하는데요. 교사의 감정 기복이 아이들에게 미칠 영향을 우려하는 까닭입니다.

  평소에는 크게 잔소리하거나 야단칠 일 자체가 많이 일어나지 않습니다만, 친구들에게 감정적으로 대하거나 전체적인 질서와 규칙을 어겨 혼란을 초래할 경우에는 단호하게 말을 하고 있습니다. 그러나 거기에 화를 낸다는 느낌이 들어가지 않도록 매우 신경을 쓰고 있지요.

  교사나 양육자가 감정적인 훈육을 할 때, 아이들의 정서에 악영향을 미친다는 사실은 이미 여러 연구 결과를 통해 널리 알려져 있습니다. 훈육 시, 잘못을 객관적으로 명시하고, 그 잘못으로 인해 어떤 일이 발생했는지, 그것이 너의 삶에 어떤 영향을 미치게 될지에 대해 대화를 나눈 뒤, 앞으로 어떻게 해야 할지에 대해 의견을 교환하는 과정이 있어야 한다고 생각하는 편입니다.

  무조건 감싸고 이해해주고 다 받아주는 것이 아닌, 명확한 기준을 가지고 아이와 인격적인 교류를 나눌 수 있도록 신경을 써야 하는 것이 어른의 의무인 것 같습니다.

학교에서는 항상 교육적인 의도를 가지고 아이들을 대하기 위해 노력합니다만, 가정에서 아이를 키우면서 그런 태도를 견지하기는 쉽지 않은 일임을 잘 알고 있습니다. 그럼에도 불구하고 항상 존중받는 아이로 자랄 수 있도록 마음을 써주시면 좋겠습니다. 존중받으며 자란 아이가 남을 존중할 줄 아는 아이로 자라니까요.

오늘 하루도 아이들을 존중한 만큼 아이들에게 존중받은 날이었습니다. 우리 반 친구들 덕에 저도 매일매일 마음이 자랍니다.

개학을 해서 가장 좋은 건, 아이들을 만날 수 있다는 것이네요.

9월

한 번 더 웃어주고, 한 번 더 안아주고

9월 1일

실수로 식판을 엎고 괜히 부끄러워 분노 대폭발한 꼬꼬마.

"나 이 학교 안 다닐 거야!"

(급 나를 힐끔 보더니) "1학년까지만 다니고 2학년 때는 다른 학교 갈 거야!"

(어이없어서 웃음 터짐) "그래, 그 문제는 일단 밥 먹고 생각해보자."

아무렇지도 않게 대꾸한 뒤 다시 밥에 집중. 자기 밥 다 먹고 급식 퀄리티(?)가 맘에 들었는지 급 빵긋 꼬꼬마, 룰루랄라 교실행. 오늘도 버라이어티.

9월 6일

오늘도 분노 조절에 실패한 꼬꼬마. "우리 엄마한테 다 이를 거야!" 이러길래 태연히 "꼭 엄마한테 다 말씀드려! 꼭! 선생님도 너희 엄마에게 하고 싶은 말 무지무지 많거든! 꼭 일러야 해, 알았지? 그래야 선생님도 너가 학교에서 한 일을 다 말할 수 있지!" 갑자기 입 꾹 다물더니 자기 자리로 돌아감. 찔리는 게 많은 사람이 지는 거다, 요 녀석아! (웃음)

9 월의 알림장

　혹시 아이들이 보기에 적절하지 않은 영상을 유튜브 등을 통해 접하고 있는 건 아닌지 확인해주시기 바랍니다. 티브이 프로그램도 전체연령가인 것만 볼 수 있도록 해주셔야 합니다. 부모님과 함께 드라마를 시청한 내용을 이야기 하는 경우가 있는데, 어린이가 보기에 부적절한 프로그램인 경우가 있습니다. 넷플릭스 같은 콘텐츠 서비스 프로그램 중 아이들이 보기엔 지나치게 잔인하 거나 선정적인 내용을 유튜브 등에서 영상 편집을 통해 줄거리를 말해주는 경 우가 있습니다. 그걸 아이들이 보고 그 내용에 대해 이야기하거나 호기심을 가 지는 경우가 종종 있지요.

　아이들에게 좋은 콘텐츠를 선별적으로 접하게 해주는 것은 매우 중요합니 다. '뭐 어때. 잔인한 장면에서는 눈 감으라고 하면 되지.' 하는 가벼운 마 음으로 아이들이 필터링 없이 영상물을 접하게 한다면 향후 아이의 정서 상 태에 심각한 영향을 미칠 수 있습니다.

　교직생활 동안 1학년 아이들을 꽤 오래 가르쳤는데, 시간이 지날수록 아이 들의 집중력이나 감정 조절 능력이 점점 떨어지는 걸 느낍니다. 그리고 오랜 시간 관찰한 결과 아이들이 어릴 때부터 지나치게 영상물에 많이 노출된 게 원인이 아닌가 싶은 합리적인(?) 의심을 하게 되었습니다.

반드시 아이들이 접하는 영상물을 철저하게 관리해주시기 바랍니다. 유튜브는 '키즈 모드'로 설정해주시고 하루 보는 시간도 한 시간 안쪽으로 설정해주시는 게 좋습니다.

오늘은 추석맞이 '고향 가는 길' 수업.

기차놀이 고고씽.

빈 교실 하나 찾아서 정성스레 서울 대전 대구 부산 강릉 기차 역 만들어 붙이고, 주사위 돌려 나온 역에 가서 세 명 모이면 끈 기차에 몸을 싣고 칙칙폭폭 땡~ 그저 끈 기차 끌고 교실 한 바퀴 도는 것뿐인데 절로 흥이 나 투스텝이 되는 꼬꼬마 발걸음. 모든 수업에 즐겁게 참여해줘서 고마워.

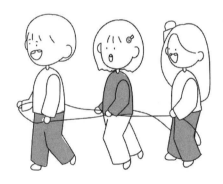

9월 10일

숨 쉬듯 화내는 꼬꼬마를 그동안 꽤 사람 만들어놨는데(평소 바닥 구르며 화냄) 틀린 거 고쳐 오라면 자꾸 화내서 우리 반 꼬꼬마들에게 "선생님한테 '틀린 거 고쳐 오세요!' 이 말 들어본 사람 손 들어보세요." 했더니 전부 다 손 듦. 꼬꼬마에게 눈빛으로 '너 이거 보이지? 내가 무슨 말 하는지 알겠지?' 했더니 화내는 걸 멈추고 조용히 자리로 컴백. 힘들다, 힘들어. 그래도 알아들어줘서 고맙다.

∘ ∘ ∘

'밤 따러 가세!' 놀이하느라 콩주머니로 숟가락 이어달리기하고 자리 잡기 게임으로 바둑알(=밤) 모으기 하고. 실컷 뛰었더니 꼬꼬마들 머리칼은 땀에 젖어 이마에 착! 여덟 살 무한 체력은 지치지도 않고 줄넘기까지 이어지고…… 저질 체력 담임은 점점 눈이 풀리고. 아이고야, 고되다. 금요일 아주 화려하게 마무리!

1학년 선생님은 하루 종일 쉴 새가 없는데, 쉬는 시간 외에도 급식시간에 내 밥은 입에 쑤셔 넣고(?) 애들 급식 지도, 하교 지도. 끝나면 다음 날 열릴 수업협의회나 학습지 같은 자료 제작, 각종 공문과 행정 업무 처리. 뜨거운 커피가 싸늘하게 식을 때쯤 겨우 한 모금. 퇴근하고 첫 화장실. 몸이 버텨내질 못하는 걸 보니 슬슬 후반기군.

。。。

"자, 다 한 사람은 쉬는 시간이에요!"

"와아아!"

꼬꼬마들은 신나지만 선생님은 쉬는 시간에도 할 일이 많다. 일단 밴드 붙여달라고, 디폼 블럭 빼달라고, 종이접기 이거 어떻게 접냐고, 물통 뚜껑 열어달라고, 머리끈 풀어진 거 묶어달라고……. 각종 민원인(?)의 고충을 해결하다 보면 화장실 갈 시간이 없다.

교사들의 방광염이 참으로 일상적인 질병인 건 다 이유가 있다!

다람쥐 팔찌 만들어 차고 도토리 그려서 학교 안 뜰에 서로 숨기고 찾는 놀이. "@@ 다람쥐는 도토리 몇 개 찾았나요?" "세 개요!" 보물찾기하듯 깔깔거리며 뛰어노는 여덟 살 꼬꼬마들의 멋진 가을날. 매일매일 뭔가 기억에 남는 공부를 하게 해주고 싶다.

○ ○ ○

강강술래 같이 뛰었다가 파김치가 된 하루. 손 직접 잡으면 안 될 것 같아 건식티슈 한 장씩 붙들고 신나게 강강술래. 소싯적 풍물 좀 배운 기억을 살려 북, 꽹과리, 징, 장구를 그럴듯하게 쳤더니 꼬꼬마들의 감탄, 박수와 환호성. 교사들은 뭐든 배워두면 알뜰하게 애들 가르치는 데 다 써먹을 수 있단 말이지.

___
9월 16일

꼬꼬마 : 선생님, 저는 유치원 때부터 미니카를 못 접었어요. (시무룩)

나 : 못 접을 수도 있지. 선생님도 유치원 때는 못 접었어요.

(물론 지금도 못 접는다.)

꼬꼬마 : 선생님 어릴 때는 종이가 없었으니까 당연히 못 접었겠죠.

뭐? (귀를 의심. 나를 원시시대 인간으로 아나?)

나 : 선생님 어릴 때도 종이 있었거든? 색종이 있었거든? (울컥)

꼬꼬마 : (옆에 있다가 깜짝 놀라며) 그럼 선생님 어릴 때 버터도 있

었어요?

나 : 당연하지!

꼬꼬마 : 와! 버터의 역사가 생각보다 진짜 오래됐구나.

(의식의 흐름 무엇이지?)

° ° °

이 얘길 들은

1학년 선생님 1 : 우리를 조선시대 사람으로 아나.

내 동생 : 아담과 이브 시절에 태어난 줄 아는 거 아냐?

친구 1 : 호롱불 밑에서 공부했다 그러지 그랬어.

친구 2 : 바나나는 부자들만 먹는 음식이었다고 말해줘!

(점입가경)

"굳이 상담주간에 상담을 신청하지 않으셔도 됩니다. 상담이 필요하시다면, 우리 아이에 대해 저와 이야기를 나누고 싶으시다면, 언제든 저에게 연락 주세요. 그때가 상담주간이나 다름없습니다. 자주 하셔도 됩니다."라는 안내의 결과, 상담 신청은 단 여덟 명! 우리 반은 1년 내내 상담 가능 주간.

⑨ 월의 알림장

2학기 상담주간입니다.

지난번에도 말씀드렸지만, 언제든지 편하게 저에게 연락 주시면 기쁜 마음으로 아이에 대해 서로 이야기하는 시간을 준비하겠습니다. 저에게 상담주간은 학년 내내, 모든 날짜 모든 시간입니다.

아이의 성장은 꾸준히 이루어집니다. 앞으로 아이가 걸어갈 길의 한 구간을 제가 맡고 있는 거지요. 저는 그 구간에서 최선을 다해 아이의 손을 잡고 걷는 중입니다.

빨리 걷는 아이. 천천히 걷는 아이. 다리가 아프다는 아이. 걷기 싫다는 아이. 장난치며 걷는 아이. 신중하게 한 걸음씩 옮기는 아이.

성장의 길을 걷는 아이들의 모습은 각양각색입니다. 그 길을 잘 걸어 다음 구간으로 넘어갈 수 있도록, 보호자님과 저는 손을 잡아주고 격려하고 응원하며 아이들에게 관심을 쏟아붓는 사람입니다.

어떻게 걸어가면 좋을지, 다음 구간에서는 어떤 코스가 이어질지, 힘들 때 어떻게 해야 하는지, 어떤 마음을 가지면서 걸어야 하는지 아이들과 이야기를 나누는 사람입니다.

제가 맡은 구간이 끝나가면 다음 구간을 맡은 선생님께 아이들을 데려다 주겠지요. 그 과정에서 후회나 아쉬움이 남지 않도록 항상 최선을 다하려 노력하고 있습니다.

지금 당장은 아이들의 발걸음이 서툴지라도, 이 긴 배움과 성장의 길을 다 걷고 나면 몰라보게 한 사람으로서 어엿하게 자리 잡을 수 있겠지요?

아직 여덟 살인 우리 아이들이 지치지 않고 그 길을 걸을 수 있도록 변함없는 믿음과 사랑을 보여주세요.

자투리 시간, 초롱초롱한 꼬꼬마들의 눈빛 압박에 만고불변의 베스트셀러 게임 '무궁화꽃이 피었습니다' 시작. 꾸웨엑 소리치고 빵 터지며 미친 듯이 놀이 몰입. 지나가던 6학년 부러워하며 구경. 6학년 선생님이 슬쩍 속삭임.

'6학년 애들도 저거 엄청 좋아해요. 심장 쫄깃하다나.'

빵 터짐. 너네도 같이 할래?

∘ ∘ ∘

애들이랑 시간 날 때마다 운동장이나 다목적실, 필로티 밑에서 여러 가지 추억의 놀이를 하는데, 아무것도 없이 땅에 금 하나 긋고 할 수 있는 옛날 놀이들에 대한 호응도가 엄청남. 날씨 좀더 시원해지면 '한 발 뛰기' 가르쳐줘야지!

한복 접기. 최대한 천천히 접었음에도 대혼돈의 도가니.

한복 하나 접는 데 시간이 이렇게 오래 걸릴 일이냐?

걸릴 일이지. (자문자답)

제대로 안 접히는 종이접기에 초초해지다 못해 급기야 "선생님 미워!" 급발진한 꼬꼬마.

아무렇지도 않게 "선생님한테 그렇게 말하면 돼요, 안 돼요?" 했더니, 1초 만에 "안 돼요!" 대답 후 다시 종이 접는 꼬꼬마. 교육의 힘이 위대하다!

∘ ∘ ∘

"자음과 모음이 만나서 뭐가 되지요?"

"글자요!"

"글자와 글자가 만나면?"

"낱말요!"

"낱말과 낱말이 모이면 뭐가 되나요?"

"문장요!"

"오! 역시 우리 반. 1학기 때 배운 건데 어쩜 이렇게 기억을 잘하나요"

폭풍 칭찬 세례를 하는데 한 꼬꼬마가 손을 들고 말한다.

"문장과 문장이 만나면 이야기가 되는 거예요?"

와. 감동…… 아이들이 천재다!

° ° °

수업하다 가끔 "이건 선생님이 우리 반만 가르쳐주는 비법이야!"라고 약(?)을 팔며 일부러 소근소근 말할 때가 있는데, 오늘도 이 얘길 듣고 "휴, 우리 반이 돼서 정말 다행이다."라고 가슴 쓸어내리는 꼬꼬마들로 인해 심쿵. 반짝이는 눈빛으로 집중해주는 아이들을 보면 여전히 가슴이 두근거린다.

° ° °

'잘생겼다' '예쁘다' 같은 칭찬은 안 하려고 의식적으로 노력하는 편인데, 행동까지도 넘 훌륭할 때 나도 모르게 그런 칭찬이 자동발사될 때가 가끔 있다.

오늘도 무심결에 "우리 잘생긴 @@." 했더니 꼬꼬마가 순수+진지한 표정으로 자기 가슴을 툭툭 치더니 "유치원 때 선생님도 저 잘생겼다 그랬어요!" 잘난 척(?)이 아닌, 너무나 확신에 찬 말투라 빵 터짐.

9월 28일

이면지 두 장으로 딱지 접는 법을 가르쳤더니 꼬꼬마들 남녀 가리지 않고 열광! 딱지치기 삼매경! 때는 이때다! 모아놓은 이면지 대방출! 가르쳐주지 않아도 알아서 딱지 합체, 여러 장으로 두껍게 접기 시작(본능인가?). 교실 여기저기서 경쾌하게 팡팡 울리는 딱지 치는 소리. 좋았어! 딱지 열풍 예감!

○ ○ ○

쉬는 시간에도 항상 손발이 바쁘지만 가끔 한가할(?) 때면, 평소 목소리 잘 안 내는 부끄럼쟁이들을 한 명씩 불러 이런저런 스몰톡. 내향형 꼬꼬마들은 의식적으로 한 번 더 눈을 보고 웃어주고 안아주고 이야기를 들려 노력하는데, 작은 목소리지만 자기 이야기를 조근조근 해주는 아이의 눈을 보면 괜히 기특.

9월 29일

공공예절에 관한 수업 중 공중화장실에서 지켜야 하는 약속을
배우는 시간.

한 꼬꼬마가 고개를 갸웃하며 손을 든다.

"선생님! 근데 공중에 화장실이 있으면 어떻게 가요?"

순간 웃음 빵 터지고, "그건 공중에 달려 있는 게 아니라 모든
사람이 함께 쓴다는 뜻이야." 설명해주니 '아하!' 하는 아이들 여
럿이었던 건 안 비밀.

10월

아이들의 다정함은 어디에서 왔을까요

10월 1일

제일 친한 친구가 나에게,

넌 내가 아는 사람 중 가장 관대한 사람이라 말했다.

내 관대함의 절반은 20년 넘는 교사 생활에서,

나머지의 절반은 엄마가 되면서,

다른 절반은 고양이님들을 모시는 집사의 삶으로부터 나온 게 아닐까.

이해하고 보듬어 안고 안전하게 지켜주어야 할 존재 곁에서는 관대함이 저절로 자라나는 듯.

° ° °

상담주간 끝!

아이의 스트레스 요소를 다 찾아서 원인을 제거해주는 데는 한계가 있다. 부모가 아이의 감정적인 부침을 모두 다 해결해줄 수는 없기에, 부정적인 감정이 자기 자신을 해치지 않도록 정서적으로 스스로를 보호하는 훈련을 하도록 돕는 것이 부모에게 요구되는 덕목이 아닐까.

° ° °

성실함도 재능이다.

귀찮음과 하기 싫음과 괴로움을 다 이겨내고 어떻게든 주어진
것을 묵묵히 하는 것이 재능이 아니면 뭐란 말인가.

이 재능은 나의 본능(?)을 이겨내기만 하면 기를 수 있는 재능
이라 누구나 도전 가능하다!

○ ○ ○

오늘 통합시간, 신나는 구전동요 틀어놓고 꼬리 잇기 다섯 판,
바나나 술래잡기 네 판, 헐떡거리는 애들 잠시 누워 쉬게 해줬다가
'무궁화꽃이 피었습니다'로 마무리! 다행히 여덟 살 꼬꼬마들은
드라마 〈오징어 게임〉의 영향을 받지 않는다!

레크리에이션 강사 빙의한 나는 뛰지도 않았는데 기진맥진.

조… 좋은 금요일의 마무리였다…….

오후엔 항상 학년 연구실에서 부장 둘(학년부장, 기능부장)이 앉아 미친 듯이 업무를 하는데, 어쩌다 하루 정도 한가한 날이 있다. "어, 오늘은 왠지 할 일이 없는데?" 이 말 하자마자 옆에 있던 부장이 다급한 목소리로 "얼른 퉤퉤퉤 하세요. 빨리!"

아… 맞다. 얼마 전에도 저 말 하자마자 미친 듯이 일이 몰려들었었지…….

∘∘∘

♡♡아. 화내고 짜증 내고 이건 싫어! 안 해! 라고 계속 말하면 너는 앞으로 그런 말처럼 살게 될 수도 있어. 말에는 힘이 있어. 네가 입에서 내뱉는 가시 돋친 말은 너에게 돌아와. 이건 진짜야. 숨쉬듯 화내고 짜증 내는 사람과 누가 친하게 지내고 싶을까? 너라면 그런 사람과 친구 하고 싶을 것 같아? 잘 생각해보자.

오늘 날이 궂어서 그런가, 1교시부터 5교시까지 숨 쉬듯 화를 내는 꼬꼬마에게 목소리를 높이지 않느라, 감정적으로 굴지 않기 위해 노력하느라 하루 에너지의 대부분을 썼다. 진짜 해가 갈수록 더 힘든 직업이군……. 감정을 조절하는 방법이 미숙한 1학년 아이들이 점점 늘어나고 있다.

10월 18일

쉬는 시간. 며칠 아파 결석한 꼬꼬마가 오더니, 진지하게 "선생님 저 좀 안아주세요." 영문도 모른 채, 그럼 그럼, 하며 꼭 안아주었더니 만족스러운 한숨. 갑자기 여기저기서 튀어나온 꼬꼬마들이 자기도 안아달라며 난리.

아…… 거리 두기 어쩔 셈인가. (체념)

10월 19일

"선생님 생일 축하해요!"

(월요일 아침 근황 토크하며 일요일이 생일이었다는 말을 기억했나?)

놀이 시간에 꼬꼬마들이 소꿉놀이 장난감으로 차려준 생일상!

내 손에 장난감 케이크 들려줌. (냠냠 먹는 흉내)

자기 사진 잘 찍는다고 엄마가 그랬다며 내 휴대폰으로 먹는 거 기념 촬영도 해주는 다정함.

진짜 생일보다 더 생일인 것 같은 느낌적인 느낌.

◦ ◦ ◦

내일 인생 첫 받아쓰기를 앞두고 꼬꼬마들의 각오가 비장하다!

집에서 맹연습을 하고 있다며 하루 종일 나에게 엄청 어필함.

수업 시간마다 왜 이런 공부를 해야 하는지 꼭 말해주는 편인데, 그걸 목격한 옆 반 선생님 말로는 내가 홈쇼핑 쇼호스트 못지않게 열혈 세일즈하는 느낌이라고. 잘 팔렸(?)으면 됐다. (뿌듯)

° ° °

급식실에서 제일 마지막까지 남아 뒷정리를 하고 교실로 오면, 교실 앞뒷문에 조롱조롱 매달린 꼬꼬마들 머리통을 발견하게 되는데, 보통 "선생님 오신다!" 이러면 교실로 다 들어가지 않나? 왜 우르르 몰려나와 날 마중하는가…….

세 발짝만 더 가면 교실 문인데 인파(?)에 둘러싸여 진입 불가능.

우리 반 꼬꼬마들 정말 웃긴 녀석들이다!

친구들 앞에서 내 꿈 발표하기 시간. 긴장한 기색이 역력한 친구를 위해 자리에 앉아 직접 만든 색종이 플래카드를 들고 응원한 우리 반 꼬꼬마들.

'힘내!'

'할 수 있어!'

'화이팅!'

삐뚤삐뚤한 글씨에 친구를 응원하는 꼬꼬마들의 진심이 가득! 이런 예쁜 마음씨는 도대체 어디서 싹이 터 자라는 걸까.

오늘 교통안전교육 강사님 오셔서 교육하는 날.

"교통사고가 나면 어디로 가나요?"라는 질문에 옆 반 똘똘이 꼬
꼬마가 "저승이요." 대답해서 그 반 선생님과 강사는 빵 터지고 나
머지 1학년 꼬꼬마들은 저승이 뭔가 하고 어리둥절했다는 오늘의
뉴스. (정답은 병원!)

⑩ 월의 알림장

친구가 슬퍼할 때, 속상해할 때, 친구를 둘러싸고 위로해주는 우리 반 아이들의 말을 들으며 아이들의 성장을 체감했습니다.

"괜찮아. 네 잘못이 아니야. 다음번에 더 잘할 수 있어. 울지 마. 울지 않아도 되는 일이야. 내가 도와줄게."

어쩜 저렇게 속 깊은 말들을 잘할까요.

1년 가까이 아이들과 함께 항상 이야기 나누고 수도 없이 반복한 이야기들이 자연스레 체화되어 흘러나오는 장면을 목격하노라면 절로 뿌듯하고 아이들이 자랑스럽습니다.

우리 아이들이 항상 자신의 일에 최선을 다하고, 스스로의 마음도 잘 들여다보고, 다른 이들의 마음도 배려하는 따뜻한 아이들로 자랐으면 좋겠습니다.

10월 22일

단원 마무리하며 이웃에게 음식을 차려 대접하는 활동.

야무지게 음식 그림 색칠해서 학습지에 붙이는 꼬꼬마들에게 말했다.

"고맙고 반가운 이웃에게 상다리가 부러지도록 한 상 차려 드리자!"

그랬더니 한 꼬꼬마, 빽빽하게 음식 그림을 학습지에 붙여와 진지하게 질문한다.

"이 정도면 상다리 부러지나요?"

오늘도 아이들이 나를 웃겨준다.

10월 25일

단호하게 이야기하는 것과 소리 지르며 윽박지르는 건 완전 다른 것이다. 아이에게 단호하게 가르쳐야 할 때는 감정을 섞지 않도록 의식적으로 노력해야 하고, 눈빛으로 '너의 마음은 알겠지만 이건 안 된다'는 것을, 타협의 여지가 없다는 것을 차분하게 전달해야 한다. 야단치고 화내고 소리 지르는 건 단호한 게 아니다. 그건 그냥 내 감정을 폭력적으로 전달하는 것이다.

가끔 너무나 야무지게 자기 활동을 완벽하게 마무리하는 꼬꼬마를 보면 나도 모르게 조용히 귓속말을 하게 된다.

"♡♡아, 샘은 ♡♡이 같은 친구들 100명도 가르칠 수 있을 것 같아. ♡♡이만 30명 있는 반 담임하고 싶다. 근데 이건 비밀이야."

그럼 아이가 씨익 웃으며 엄청 흐뭇해하는 게 보임.

⑩ 월의 알림장

정말 이것저것 할 일이 너무 많아서 정신없었던 한 주였습니다. 사실 1학년 교사의 삶이란 1년 내내 바쁘디 바빠서 정신을 똑바로 차리려고 노력하는데도 불구하고 가끔씩 이런저런 구멍이 나기도 한답니다.

쉬는 시간마다 자잘한 상처에 약 바르고 밴드 붙여주기. 안 빠지는 블록 빼주기. 아이들 사이에 있는 자잘한 다툼 중재하기. 여러 가지 민원 및 불편사항(?) 해결해주기. 흐트러진 머리 다시 묶어주기. 옷에 뭐 묻거나 손발에 뭐 묻은 거 닦아주기. 몰려들어서 종알종알 수다 떠는 각종 근황 토크 들어주고 대답해주기. 다음 시간 수업 준비하느라 손이 바빠 화장실 갈 시간도 없는 경우가 많아요.

여기저기에서 오는 인터폰과 메시지로 정신없이 하루를 보내고 나면, 오후에는 또 다음 날 수업을 준비하고 각종 행정 업무를 하느라 시간이 쏜살같이 흐릅니다.

그래서 아이들과 함께하는 오전 시간이 제일 좋습니다. 시끌시끌한 교실에서 아이들과 함께 보내는 시간 속에서, 아이들의 마음과 몸이 자라고 있음을 목격하는 그 순간이 저에겐 매우 소중합니다.

어느새 10월이 다 지나갔네요. 아이들과 함께할 시간이 두 달 남짓 남았습니다. 그래서인지 한 명 한 명 기특하고 유난히 사랑스럽습니다.

우리 반 아이들은 다른 반 아이들보다 조금 학습량이 많은 편인데요. 1학년이 누릴 수 있는 다양한 체험의 기회를 최대한 많이 줌과 동시에, 남은 학교생활의 가장 기본이 되는 학습 습관을 잘 잡아줘야 하는 학년이 바로 1학년이라는 저의 개인적인 신념이 있어서입니다.

자기가 잘할 수 있는 만큼만 공부하면 성장하기 어렵습니다. 아이들은 항상 내가 잘 모르는 것, 어려운 것들을 조금씩 해나가며 그 안에서 자랍니다.

글씨 쓰기도, 숫자 계산도, 딱 할 만큼, 안 힘들 만큼만 하면 제자리걸음입니다. 너무 과하지는 않게, 아이들이 충분히 해나갈 수 있는 범위 안에서 조금씩 도전하고 자신의 한계를 넘어서는 경험을 시켜주기 위해 노력하고 있습니다.

저는 대충 공부시키고, 했다 치고 넘어가고, 언젠가는 다 알겠지, 하고 외면하는 그런 것들을 좋아하지 않는 성격이라 제가 할 수 있는 최선을 다합니다.

아이들에게도 단순히 공부만 가르치는 게 아니라 이걸 왜 공부하는지, 지금이 어려운 걸 참고 노력하면 어떤 결과가 주어지는지 끊임없이 대화하고 동기부여를 해주기 위해 애씁니다.

색칠하는 법, 풀칠을 깔끔히 하는 법, 가위질을 잘하는 법, 문장제 문제를 풀 때 왜 문제 안의 숫자에 동그라미 표시를 해야 하는지, 수학 문제를 풀 때 눈으로 세지 말고 손으로 자꾸 표시하고 숫자를 쓰는 습관을 왜 들여야 하는지, 끊임없이 무한 반복합니다.

저는 믿고 있습니다. 여덟 살 우리 반 꼬꼬마들의 지금이, 가장 기초가 되는 공부를 할 수 있는 시기이며, 아이들이 앞으로 공부하는 데 있어서 어떤 마음가짐으로 임해야 하는지 배울 수 있는 제일 중요한 시기라고요.

남은 두 달 동안 아이들이 능숙하게 계산을 하고, 받침은 좀 틀려도 자기의 생각을 글로 쓸 수 있도록 하고 싶습니다. 아이가 주변을 잘 정리하고 야무지게 생활할 수 있는 좋은 습관을 많이 기를 수 있도록 열심히 마무리하겠습니다.

11월

마음의 온기를 나눌 줄 아는 아이들

11월 1일

이맘때면 섭섭잖게 지나치지 않고 찾아오는 인후염. 내 목구멍에 카메라를 쑤셔(?) 넣던 의사 선생님이 깜짝 놀라며 물었다.

"안 아프셨어요? 이 정도면 많이 아프셨을 것 같은데……."

내가 "아프니까 병원 왔겠죠?" 하고 씩 웃으니 황당해하심. 약 3일 치 준다길래 5일 치 달라 해서 받고는 휘적휘적 귀가. 그나저나 자가 진단 어플에 인후통 체크하면 출근 불가 뜨는데 어쩌지. 내일 아침까지 약발 잘 듣길 바랄 뿐.

11월 2일

십수 년 전 4학년 담임을 했을 때, 아이들이 아침마다 나의 시시껄렁한 근황 톡을 어찌나 눈 빛내며 들었던지, 별거 없던 일상을 억지로 버라이어티하게(?) 만드느라 머리 쥐어짜던 기억이 퍼뜩 떠오른다. 생각해보면 내 학창 시절에도 선생님이 하신 수업보다 뭔가 다른 얘기들이 더 강렬하게 기억 속에 남아 있고 배운 것도 많았던 듯.

〈가을〉책을 마무리하며. '가을 안녕!'을 위해 꼬꼬마들 데리고 예쁘게 단풍이 든 교내 산책. 빠알갛게, 노오랗게 물든 낙엽 중 제일 색깔 예쁜 것들을 소중히 모으는 꼬꼬마들. 너희들 마음속에 그 아름다움을 느낄 수 있는 마음이 오랫동안 존재하길. 속으로 가만히 빌어보았다.

∘ ∘ ∘

교과 보충으로 일주일에 두 번. 꼬꼬마 다섯 명과 함께 방과 후 한글 공부를 하는데 고만고만한 실력(?)으로 어찌나 아는 체를 하는지 너무나 귀엽고 웃긴 것. 중간중간 젤리도 하나씩 입에 쏙 넣어주고 같이 한글 퀴즈도 풀고. 집에 가서 너무 재미있다고 부모님께 자랑(?)했단다. 즐겁게 공부하면 됐지! 잘하고 있어!

11월 4일

"이제 두 달만 지나면 1학년이 끝나요."

헉 놀라는 꼬꼬마들.

"선생님이랑 헤어져요?"

"선생님이랑 다시 만날 순 없어요?"

"몇 밤 자면 1학년 끝나요?"

웅성웅성.

1학년이 가장 예쁜 계절 겨울. 한 해의 눈부신 성장이 열매를 맺는 시간. 성큼 다가온 마지막이 언제나 그렇듯 아쉽다.

○ ○ ○

어릴 때 외할머니께서 "우리 Z는 머리칼이 까마귀처럼 새카맣게 반들반들하니 참 예쁘다." 하신 말이 얼마나 오랫동안 내 기억 속에서 선명한지. 애정하는 존재가 건넨 관심 어린 칭찬은 얼마나 따뜻하게 마음을 데워주는가. 외할머니 덕에 나는 내가 미인(?)임을 의심치 않고 컸다. (미는 원래 주관적이니까…….)

그런 의미에서, 교실에서 만나는 꼬꼬마들에게도 둘만의 대화를 나눌 때마다 그 아이만이 가진 소소한 매력을 소곤소곤 말해준다. 동그란 머리통. 반짝거리는 눈동자. 반달 모양 손톱. 곱슬거리는 머리. 뺨에 찍힌 귀여운 점. 가지런한 눈썹들이 너무나 멋지다며 진심으로 감탄하게 되는 것이다!

자매품으로는, 잔머리가 어쩜 이렇게 재미있는 모양으로 났냐며 넌 정말 특별한 잔머리를 가졌다거나, 살짝 휜 새끼손가락 모양을 보며 약속할 때 손가락을 단단히 걸 수 있겠다며, 넌 약속을 잘 지키는 아이일 수밖에 없어! 하며 주접을 떠는 버전이 있다. (웃음)

뻔한 칭찬보다 그 아이만이 가지고 있는 특별한 점을 찾아 이야기해주기 위해 노력하는 편인데, 근처에 있던 귀가 밝은 꼬꼬마들이 이런 스몰 토킹에 번개같이 동참하고, 그러다 보니 수업 시간을 제외한 대부분의 시간을 꼬꼬마들과 수다를 떨고 있는 나를 발견. 소소한 대화에도 언제나 힘껏 진심인 아이들.

📘 || 월의 알림장

아이의 학습이 느리거나, 실수가 많거나 결과물이 좋지 않다고 해도, 너무 아이를 다그치거나 야단치지 말아주세요.

이제 여덟 살입니다. 아직 배워야 할 날들이 훨씬 많고, 공부에 대한 긍정적인 인식을 심어주는 것이 훨씬 더 중요한 시기입니다. 받아쓰기 틀린 것, 학습지를 잘 못 푸는 것, 전반적인 학습 성취가 떨어지는 것에 조바심이 생겨 아이를 재촉하면 득보다는 실이 많습니다.

모르면 배우면 되지. 틀리면 다시 고치면 되지. 나는 아직 배우는 중이야. 실수해도 괜찮아. 다음번에 실수하지 않게 노력하면 돼. 나는 더 잘할 수 있는 사람이야. 아이쿠, 이건 다 아는 건데 실수했네.

아이의 마음속에 공부에 대한 자신감을 심어주세요. 부모님이 보시기에 그 자신감(?)이 근거 없어 보일지라도 저는 그 근거 없이 큰 소리 팡팡 칠 수 있는 자신감이 향후 아이의 성장에 큰 보탬이 될 거라 생각합니다.

소소한 것으로 아이의 마음을 움츠러들게 하지 마시고, 아이에게 여유와 자신감이 길러질 수 있도록 격려와 응원을 아끼지 말아주세요.

멀리 보시고 길게 보시면 아이에게 중요한 것이 무엇인지 느끼실 수 있습니다. 매일매일 규칙적으로 하는 공부, 하루 이틀 정도는 게으를 수 있습니다. 어른도 해야 하는 일이지만 컨디션에 따라 정말 하기 싫을 때가 있잖아요. 아이들은 어른보다 훨씬 더 자기 조절 능력이 떨어지지요.

아이가 힘들어할 때 따뜻하게 안아주세요. 핀잔 주기보다는 마음을 읽어주세요. "괜찮아."라고 말해주세요.

여덟 살의 생활이 조금은 느슨해도 괜찮습니다. 받아쓰기 실수도 괜찮습니다. 학습지의 틀린 자국도 괜찮습니다. 아이들은 "괜찮아. 충분히 잘하고 있어."라는 말에 용기를 얻습니다.

교실 쓰레기봉투 꾹꾹 눌러 묶는데 얼른 옆에 와 봉투 위를 잡아준 꼼꼼이 꼬꼬마.

"☆☆아, 혹시 센스 학원 다녔어?"

"전 학원 안 다니는데요!"

야심 찬 내 농담을 다큐로 받은 꼬꼬마 덕에 머쓱.

"☆☆이가 이렇게 야무지면 샘이 2학년으로 못 보내주지! 샘이랑 계속 1학년 하자!"

헤헤 웃는 앞니 빠진 미소.

∘ ∘ ∘

이번 주 내내 화나는 기분을 잘 참은 우리 꼬꼬마. 하교 직전 위기가 왔음을 감지. 얼른 불러다 두 손 꼭 잡고.

눈 감아봐. 숨을 크게 쉬어봐. 우리 ♡♡이 이번 주 내내 정말 잘 해내서 선생님은 넘 기뻐. 자랑스러워! 이 순간만 잘 참고 넘기면 돼! 다행히 잘 마음 다독이고 하교. 잘했다, 정말.

∘ ∘ ∘

예전에 붕어빵이 먹고 싶어서 온 동네를 헤매고 다녔다고 근황 토크를 했을 때 "붕어빵 우리 아파트 앞에 파는데!" 함께 안타까워했던 꼬꼬마들. 오늘 급식에 붕어빵이 나오자 다들 흥분하며 "선생님 붕어빵 나와서 좋죠! 제 꺼 드릴까요!" 흥분의 도가니. 얘… 얘들아…… 내가 붕어빵 중독자는 아냐. 하지만 날 생각해주는 너희들의 마음이 참 예뻐서 행복했던 날.

∘ ∘ ∘

책걸상을 복도로 다 빼고 바닥 청소한 뒤 보드마카로 교실 바닥에 사방치기 놀이판 다섯 개 그려 신나게 놀기(통합교과), 내가 제일 재미있게 읽은 책의 한 부분을 각자 돌아가며 실감 나게 읽기(국어), 〈깜박깜박 도깨비〉 읽어주고 깔깔거리며 마구 웃어대는 애들 보기(창의적 체험활동), 오늘은 책상 없는 날. 아이들도 나도 뒹굴며 실컷 웃은 날.

11월 9일

사방치기 두 판 뛰고 숨 헉헉거리는 날 보며 정말 이해할 수 없다는 눈빛을 보내는 꼬꼬마들. 나도 니네 나이 때는 하루에 고무줄 다섯 시간씩 하고도 멀쩡했어! 아, 이놈의 체력. 망했다, 망했어.

°°°

쉬는 시간에 잠시 마스크를 내리고 헐떡거리며 텀블러에 담긴 커피를 벌컥벌컥 마시는데, 우리 반 시니컬한 꼬꼬마가 날 유심히 보더니 "선생님! 마스크 벗으니까 더 예뻐요." 하고는 쿨하게 도서관에 감. 뭐… 뭐지. 말 한마디로 날 설레게 만드는 너란 꼬꼬마.
울 반에 훈남의 싹이 무럭무럭 자라고 있다!

11월 10일

"얘들아, '모두 다 몇 개?'라고 물으면 뭐지?"
"더하기요!"
"'남은 건 몇 개?' 아니면 '뭐가 더 많은가' 물으면 뭐지?"
"빼기요!"
문장제 문제에서 헤매는 우리 반 꼬꼬마들을 구원한 마법의 주문.

수업 시간마다 무한 반복했더니 오늘 문장제 학습지를 죄다 풀어오는 놀라운 기적의 순간을 경험했다! 뿌듯하다!

∘∘∘

아이들을 가르치기 위해 참 많은 것들을 배우고 익힌다. 못하는 것도 아이들 앞에서 잘하기 위해 여러 번 연습하다 보면 어느새 그럴듯해진다. 가르치면서 동시에 배운다. 아이들의 성장을 위해 애쓰는 과정에서 나도 자란다. 선생님으로서 끊임없이 배우고 또 배워가는 과정이 힘들어도 좋은 이유다.

∘∘∘

학창 시절 꽤 악필의 축에 들었던 내 글씨. 지금은 손글씨 쓸 일이 생기면 모두 다 나에게 매직을 쥐어준다. 아이들이 예쁜 글씨를 썼으면 좋겠다는 마음에 한 자 한 자 정성 들여 칠판에 쓰다 보니 어느덧 내 글씨도 반듯해졌다. 내 오랜 교직생활의 흔적이 내 글씨에 남아 있는 듯도 하다.

11월 16일

태극기에 대해 배우며 건곤감리 위치를 알려주고 집에 가서 부모님께 꼭 잘난 척(?)하며 알려드리라 했더니. 몇몇 꼬꼬마들이 벌떡 일어나, 지난번에 내가 짝다리 짚고 다리 떨며 잘난 척하는 모습 흉내 낸 걸 따라 한다. "이렇게 해요?"

얘들아…… 안 돼…….

집에 가서 그러면 안 돼…….

선생님이 그러라고 시킨 거 아니다, 너네…….

∘ ∘ ∘

오늘 드디어 시계 지옥에서 다들 탈출한 꼬꼬마들. 몇 시와 몇 시 몇 분을 자신 있게 착착 그려나가는 당당한 모습에 물개 박수. 나의 흥분 모드에 더욱 신나 쉴 새 없이 시곗바늘을 그려대는 꼬꼬마들로 인해 행복한 수학 시간이었다.

○ ○ ○

수학 문제 틀렸다고 우는 꼬꼬마를 둘러싸고 다른 꼬꼬마들이 하는 말.

야. 이런 거 아무것도 아냐. 울 일이 아니야. 속상해하지 않아도 돼. 너가 진짜 몰라서 틀린 거 아니잖아. 내가 도와줄까? 울지 마. 울면 머리만 아파.

아. 진짜 나름 진지한 상황인데 나 혼자 빵 터짐. 내가 항상 하는 말, '복사＋붙여넣기' 수준이잖아. 교사의 언행을 항상 신경 써야 하는 이유.

11월 17일

〈애국가〉 배우는 날. 기세 좋게 4절까지 쩌렁쩌렁 완창한 꼬꼬마들. "누가 우리나라를 대표하는 이런 멋진 노래를 만들었을까요?"라고 수업을 이어가려던 나는 "그러게요."라고 진지하게 대답하는 꼬꼬마로 인해 웃음 빵. 껄껄거리며 웃느라 숨 쉬는 데 어려움을 겪고 있는 나를 보고 꼬꼬마들은 의아해할 뿐⋯⋯.

궁예 흉내를 기가 막히게 잘 내는 꼬꼬마. 내가 말만 하면 "누가 앉으라고 하였어?" 능청맞게 억양을 살려 말하는 통에 자꾸 웃음이 터짐.

식판 버리러 가는 날 보더니 "누가 식판을 한 손으로 들으라 하였어?" 이래서 진짜 빵 터짐.

아, 진짜 왜 매번 웃음을 못 참지. 덕분에 신나서 내 모든 말을 궁예화한 꼬꼬마.

∘ ∘ ∘

'노래로 만나는 우리나라' 단원. 88올림픽 〈손에 손 잡고〉, 송소희가 부르는 〈아름다운 우리나라〉에 이어 BTS가 부르는 〈아리랑〉을 들은 꼬꼬마들. 급 흥분하여 한 번 더 듣자고! 가사도 고스란히 잘 보존한 BTS의 〈아리랑〉. 화면 가득 우리가 배운 전통 문양 영상. 아이들에게 매우 좋은 교육자료였다!

∘ ∘ ∘

근황 토크 하다가 나온 주제.

"제부도 가본 사람?"

"저요, 저요!"

신나게 손 드는 꼬꼬마들.

"♡♡이는 제부도 가서 뭐 했어요?"

"전 갯벌에서 조개를 캤어요!"

"오, 그랬구나. @@이는?"

"저는 감귤농장에 가서 귤을 실컷 먹었어요!"

가… 감귤? 순간 머릿속 대혼란. 이상하다 싶어 물어보니 제부도를 제주도로 들었던 모양. 비슷하지, 비슷해. (웃음)

11월 22일

앞니 없음. 마스크 낌. 발음이 막 뭉개지는 꼬꼬마들이 열심히 뭐라뭐라 이야기하면 대충 상황 파악 후(심각한 이야기인가 아닌가), 일단 표정 진지하게 하고 고개 끄덕이며. '와, 그렇구나. 그래서? 아하, 오!' 이런 추임새를 열심히 해준다. 그럼 한참 얘기하고 매우 만족한 표정으로 사라짐. 너는 무슨 말을 한 거였을까…….

∘ ∘ ∘

색종이로 고양이 반지 만들어보려고 쉬는 시간에 열심히 색종이 붙들고 낑낑 연습하고 있는데 아니나 다를까 꼬꼬마들 구름떼처럼 몰려들어 이리저리 훈수를 둔다.

"샘, 그거 그렇게 접으면 안 되는 거 아녜요?"

"아니거든? 샘이 다 연습해봤거든?"

티격태격하며 자질구레한 잡담으로 보내는 쉬는 시간. 뭔가 몽글몽글 좋았다.

° ° °

1학년 담임을 하면서 제일 많이 하는 말은 "괜찮아."인데 두 번째로 많이 하는 말은 "기다려."인 듯. 오늘도 조급증 도지는 꼬꼬마들이 날 달달 볶아서 '기다려' 백 번 말하고 파김치. 너무나 하고 싶은 말이 많은 여덟 살 꼬꼬마들 스물일곱 명······. 스무 명만 돼도 '기다려' 반만 말해도 될 텐데······.

11월 23일

"여러분. 아침에 눈이 온다. 그러면 무조건 장갑을 챙겨 오는 거예요. 알았죠?"

"왜요?"

"그래야 우리가 운동장에 나가 놀 수 있으니까!"

우워어오우오워!

우리 여덟 살 꼬꼬마들 오늘부터 눈 오기를 학수고대할 것이다. 하하.

내 옆에 앉아 급식 먹다가 다 먹고 눈 데굴데굴 굴리고 있길래 "사과 하나 더 먹을래?" 고개 끄덕. 나한테 받는 사과 한 쪽 놈놈놈. "하나 더 먹을래?" 고개 끄덕. 또 한 조각 받아서 놈놈놈. 아니 왜 이렇게 잘 먹어. (흐뭇)

"선생님은 사과 안 좋아해요?"

"응. 안 좋아해. 너 많이 먹어." (사실 좋아한다)

급식 더 먹고 싶으면 얼마든지 더 먹을 수 있지만, 받으러 나가는 길이 복잡하고 멀어서 그냥 패스. 안 먹어도 배부르다.

∘∘∘

꼬꼬마들에게 항상 이야기한다. 너희들이 1학년 때 배운 것만 잘 기억하고 살아도 커서 훌륭한 어른이 된다고. 나쁜 어른들은 1학년 때 배운 걸 실천하지 않아서 그런 거라고. 세상 모든 사람들이 1학년 때 배운 것만 실천하고 살아도 세상에 범죄는 없다. 이건 진짜다.

11월 24일

황해도와 파주에서 전해 내려오는 전통민요를 배우면서 '다리 빼기 놀이'를 하는 시간. "노래를 부르며 재미있게 다리 빼기 놀이를 해봅시다." 하니 몇몇 꼬꼬마들 '입틀막'. 샘, 무서워요. 잔인해요. 다리를 어떻게 빼요.

얘… 얘들아. 다리를 뽑는 게 아니라……. (갑자기 분위기 공포 영화)

11월 26일

주사위 던질 때 친구가 1 나오라고 마법 썼다고 엉엉 울며 분노한 우리 반 마법소년만 있는 줄 알았더니, 옆 반에는 팽이놀이하며 내 팽이 쓰러지지 말라고 기도하는 친구에게 "기도하는 건 반칙이지!" 하고 분노 폭발 대성통곡한 기도소년이 있음을 알게 되었다…….

하… 여덟 살 꼬꼬마들 내년 되면 괜찮으려나.

11월 28일

다들 자신이 다니던 때의 학교와 수업을 생각하는 것 같다. 나만 해도 초임 때와 지금의 수업 준비와 수업이 다르다. 점점 더 많은 교사들이 수업의 질에 대해 고민하고 다양한 노력을 기울이는데, 행정 업무는 줄지 않고 점점 늘어나다 보니 수업을 열심히 하는 교사들이 점점 갈려 나가는 악순환.

11월 30일

'통일 비행기' 만들어 날리는 수업. 기대에 찬 눈빛으로 비행기 접을 준비를 하는 꼬꼬마들에게 교과서에 나온 것보다 더 잘 나는 비행기를 접게 해주겠노라 큰 소리 친 뒤, 비법(?)을 풀며 열심히 접는 방법 가르쳐줌.

다 접고 비행기를 날리는 순간! 꼬꼬마들의 찬사를 한 몸에 받음.

"우와! 이렇게 잘 나는 종이비행기는 첨 봐요!"

선생님이 1학년을 5년이나 이어서 했는데 이 정도쯤이야! (어깨 으쓱)

11월의 알림장

 아이들이 놀이에서 얼마나 많은 것들을 배우는지 모릅니다. 사람을 대하는 법, 함께 어우러져 공존하는 법을 배우는 가장 효과적이고 강력한 방법이 바로 놀이입니다.

 놀이를 통한 즐겁고 행복했던 경험만큼이나 속상한 일들 역시 아이의 성장에 중요한 역할을 합니다. 친구로 인해 속상했던 것, 나로 인해 친구가 속상했던 것. 억울한 일, 화나는 일과 같은 부정적인 경험 역시 아이가 자라는 데 있어서 필수적인 공부입니다. 마냥 동화책처럼 아름답고 원칙에 따라 흘러가는 세상이 아니기에 마음결을 단단히 만들어주는 것 역시 공부지요. 부정적인 감정을 어떻게 해결해나갈지, 돌파구를 찾고 스스로 내 마음을 보호해가는 방법을 배워야 아이가 자랍니다.

 든든한 마음의 의지처가 되어주시되, 아이가 겪을 모든 부정적인 일들을 먼저 나서서 막아주진 마세요. (물론 위험한 것, 심각한 것은 제외지만요.)

 스스로 자신의 삶을 채워나가는 아이로 자랄 수 있도록 언제나 응원해주세요.

12월

그리고 겨울방학, 우리의 안녕

12월 1일

학교 업무 보면 가슴이 턱 막히고 심란하다가도 우리 반 꼬꼬마들 보면 나도 모르게 헤실헤실 웃게 된다. 한때는 6학년 아니면 죽음을 달라(?)고 외치던 고학년 매니아였던 내가 1학년 꼬꼬마들의 매력에 빠져 산 지 5년째. 퇴직할 때까지 1학년 하며 1학년 담임 마스터가 되어볼까? 하는 헛된 망상 중.

○ ○ ○

1년 동안 꾸준히 따라 쓰고 한 자 한 자 서툴지만 꼭꼭 눌러쓰며 열심히 연습한 우리 꼬꼬마들. 2학년 대비 알림장 쓰기를 오늘 해봤는데 빛의 속도로 잘 따라 써서 매우 기특. 자, 너희들은 이제 2학년에 가도 되겠다! 하산할 준비가 되었어! 으하하하하하.

12월 2일

"선생님! 이 문제는 어떻게 푸는 거예요?"
"어, 이거는 이렇게 이렇게 요렇게 요렇게 푸는 거예요."
"아! 그렇구나! 선생님 고마워요!"
깨달음의 탄성과 함께 쿨하게 고마움의 인사(?)를 던지고 자기 자리로 가는 꼬꼬마의 뒷모습에 잠시 벙쪘다가 웃음 빵 터짐.

12월 6일

〈겨울〉 수업 하다가 〈겨울왕국〉 얘기가 나왔는데 이 영화는 무려 우리 반 꼬꼬마들이 태어나기 전에 개봉. "너네 태어나기도 전에 영화가 나왔구나."라고 말하자마자 꼬꼬마 하나 손을 번쩍 들고 "영화 나왔을 때 저 살아 있었어요!" 해서 빵 터짐.

그… 그래. 엄마 배 속에서 분명히 너희들은 살아 있었지!

12월 7일

엉뚱하고 귀여운 유머 감각이 발군인 꼬꼬마. 쉬는 시간에 비밀스럽게 다가오더니

"선생님, 제가 중요한 거 알려드릴까요?"

"뭐… 뭔데? (긴장)"

"우리 형아 열네 살이다요!"

……. (잠시 침묵) "우와. 형아 나이 많네!"

"그쵸! 우리 형아 중학생이다요! 교복도 입어요!"

마냥 형아가 자랑스러운 여덟 살 꼬꼬마.

◦ ◦ ◦

교과 보충 시간. 엄청나게 밝고 해맑은 귀요미 꼬꼬마. 내 책상 앞에 찾아와 모르는 거 물어보길래 고개 숙여 열심히 학습지 들여다보는 와중, 쓱 어깨동무하듯 목을 감아오는 작은 팔. 깜짝 놀랐다가 천연덕스러운 그 손길에 나도 모르게 빵 터져서 배를 잡고 웃음. 정작 본인은 영문을 모르겠단 표정. 다정해, 진짜.

◦ ◦ ◦

방과 후에 한글이 아직 서툰 꼬꼬마들 데리고 열심히 교과 보충 학습 시키고 있는데, 한글 까막눈으로 날 절망케 하던 작년 꼬꼬마가 문을 쓱 열고 인사. 우리 반 꼬꼬마들 끙끙거리는 걸 보더니

"야, 니들도 잘 배워야 해." 시크하게 한마디하고 사라짐. 야! (대폭소) 개구리 올챙이 적! 응? 그거! (계속 웃음)

12월 8일

드디어 대망의 오늘! 색종이 세 장으로 3단 팽이 접는 날! 1단이 젤 어렵고 복잡해서 며칠 전부터 짬짬이 색종이로 1단만 수십 개 제작. 곳간 부자처럼 든든. 1단에 좌절하는 꼬꼬마들에게 하나씩 쥐어주면서 무사히 3단 팽이 완성하고 신나게 환호성과 함께 팽이 놀이. 고생한 보람이 있었던 하루!

12월 9일

매일 오늘만 같아라.

모든 수업 기가 막히게 물 흐르듯 잘 진행되고 아이들 호응도 좋고 교실 안 트러블 한 번 일어나지 않은 멋진 날. 딴짓하는 꼬꼬마 하나도 없이 수업에 모두 집중. 결과물도 만족스러움. 와…… 진심 행복.

결정적으로 급식 메뉴 돈까스다! 이게 완벽한 하루지!

12월 10일

성폭력 예방교육. 어른들이 안아주는 것도 싫은 기분이 들면 꼭 이야기해야 한다고 가르치면서 "선생님이 안아주는 것도 싫으면 꼭 얘기해주세요."라고 했더니

"나 선생님이 안아주는 거 진짜 좋은데!"

"맞아! 푹신하고 좋은 냄새 나!"

"진짜 좋은데!"

여기저기서 난리.

고… 고맙다. 근데 푹신이라니……. (망연자실 배를 만져본다)

12월 11일

오전에는 아이들과 재미있게 열심히 공부하고, 오후에는 그다음 날 수업 뭐 할까 의논하고 자료 만들고 준비하고, 아이들에게 읽어줄 동화책 고르고, 학부모랑 아이 상담도 하고, 교육 관련 책 보며 연구도 하는 그런 교사 생활 하고 싶다. 현실은 오전 수업, 오후 행정 업무. 수업 준비는 짬짬이.

'뺄셈 지옥'에 빠져 끙끙거리던 꼬꼬마. 자꾸 '15 - 7'의 답을 7로 써오길래

"☆☆아, 왜 자꾸 답을 7로 써오는 거야? 이거 답이 아니니까 고쳐 오랬잖아." 물었더니 아주 진지하게

"선생님, 저는 답이 자꾸 7일 것 같은 생각이 들어요."

빵 터짐.

아, 진짜. 생각과 느낌으로 뺄셈 답을 쓰는 너란 아이.

∘ ∘ ∘

우리 반 꼬꼬마. 국어책에 글 쓴 것 가지고 와서 확인해주다가⋯ 맥락상 '긴장된다'라고 쓴 걸로 추측되는 문장 발견⋯⋯.

'김장된다'

뭐지, 이 신박한 귀여움은?

° ° °

실물화상기를 켜놓고 천천히 종이를 접는 가운데 아직 종이접기가 서툰 꼬꼬마 몇 명의 손길이 분주하다.

"자, 이렇게 반으로 접었나요??"

"아뇨! 잠깐만요!" 다급한 외침.

"저 아직 다 못 접었어요! (약간 울먹)"

다른 꼬꼬마 왈, "선생님은 항상 기다려주시잖아. 천천히 해."

언제 이렇게 다들 의젓해진 거니.

12월 15일

1교시 수업 시작 직전.

"아! 오늘 재미있는 거 배웠으면 좋겠다!" 갑자기 외치는 꼬꼬마.

"야! 우리 맨날 재미있는 거 배우잖아!" 옆자리 꼬꼬마의 일갈(?).

급 수업 시작 전 부담되는 이 대화 뭐지? 나 들으라고 하는 소리인가?

재미있는 걸 해야 한다는 압박감? 다행히 수업 재밌었다고. (안도의 한숨)

눈송이에 대해 배우고 하얀 종이 접어 오려서 눈송이를 만드는 중.
내가 만든 눈송이를 본 꼬꼬마의 말.

"선생님은 도대체 무슨 가위를 쓰길래 저렇게 잘 오리는 거지?"

아이고야. 웃음 꾹 참고 선심 쓰듯 내 가위를 빌려주었으나 자르
면서 계속 고개 갸우뚱. 연장 탓이 이런 거군. (내면의 웃음)

12월 16일

감정 수업하며 뇌 구조 설명하는데 샘플로 선생님의 뇌 구조를
그리며 설명하던 중. 애들이 한마음 한뜻으로 "침대, 침대! 눕기,
눕기!" 이러고 있다. (탄식)

주말에 뭐 했는지 월요일 아침 근황 토킹 할 때마다 선생님은 침
대에 가만히 하루 종일 누워 있었다고 해서 그런가……. (심지어 리
얼하게 흉내도 내줌)

어쩐지 가끔가다 "선생님 눕고 싶어요?" 묻더라니.

° ° °

쉬는 시간. 내 책상 근처에서 알짱거리던, 평소에 조금은 무뚝뚝
한 꼬꼬마.

때는 이때다, 얼른 붙들고 "●●아, 샘이 너 좋아하는 거 알아?"
물었더니

씩 웃으며 "알아요." 한다.

"헉! 어떻게 알았지? 선생님이 엄청 잘 숨겨왔는데!"

"선생님이 말하는 것만 봐도 다 알아요!"

둘이 서로 마주 보며 킥킥 웃음.

아니 진짜 어떻게 알았지?

12월 20일

'쌓인 눈을 치우며' 주제로 수업하다 유튜브로 생수, 병, 폐지가
쏟아졌을 때 지나가던 사람들이 우르르 같이 치워준 훈훈한 영상
을 봤다. 위험할 수도 있는 일이라 나중에 어른이 되면 할 수 있는
일이라 했더니 한 꼬꼬마 왈.

"그럼 지나가면서 '힘내세요!'라고 응원해주는 건 되나요?"

그럼 그럼! 항상 내가 무엇을 할 수 있을까 고민하는 마음은 귀
한 것이다.

〈크리스마스 연대기〉를 보여줄까?

〈클라우스〉를 보여줄까?

마침 국어 진도가 '만화영화를 보고 재미있는 장면 말하기'다!

국어와 창의적 체험활동을 엮어 크리스마스이브에 영화 보기!

게임도 준비! 선물도 준비함! 책상 복도로 다 빼고 교실 바닥 굴러다니며 재미있게 공부하며 놀겠다!

(준비하며 내가 더 신난 건 안 비밀)

○ ○ ○

야심 차게 시작한 루돌프 주머니 만들기. 10분이 지나고 깨달았다. 오늘 쉽지 않겠구먼…….

털실은 계속 돗바늘에서 빠짐.

꼬꼬마들 매듭 못 묶음…….

고군분투 끝에 모두 다 행복하게 주머니 매고 집에 감.

너덜너덜해진 내 영혼은 누가 책임지나.

인터넷 알림장에 썼다. 제 피 땀 눈물이 담긴 주머니라고. (진지)

12월 24일

어제 부스터 샷을 맞고 오늘 아침 일어나보니 왼쪽 팔이 너무나 아픈 나.

몸살기가 있고 어지러운 나.

하지만 기어서라도 학교에 가야 하는 나.

오늘 안 가면 꼬꼬마들 크리스마스파티는 어쩌나.

하긴 오늘뿐만이겠느냐. 매일매일 뭐뭐 때문에 기어서라도 가고 죽어도 학교에서 죽고…… 아무리 아파도 선뜻 병가 쓰기가 맘 불편한 담임교사의 삶.

° ° °

아침에 실무사님이 나에게 귀띔을 해주심.

"선생님 반 애들이 '오늘만을 기다렸다!' 이러며 포효하고 있어요."

그… 그래. 손등 위에 판박이(?) 스티커, 얼굴에 하트 페이스페인팅, 마스크에 빨강 폼폼이 붙여 루돌프 코, 영화 보고 카드 만들고, 크리스마스 쿠키 선물까지.

하루 종일 뒹굴며 놀았더니 최고의 하루였다며 대만족하여 귀가하신 꼬꼬마들.

꼬꼬마들에게 나눠주고 남은 크리스마스 쿠키를 관리자분들, 행정실, 교무실, 보건실, 전담 교사실에 배달(?).

우리 학년 선생님과 같이 다니며 "학교 일은 우리가 열심히 한 만큼 생색 내야 해! 안 그러면 아무도 우리의 수고를 알아주지 않아!"라고 서로 끄덕끄덕.

전국의 모든 선생님들. 열심히 한 만큼 생색을 내십시다!

잊지 마세요! 학교 일은 생색입니다! (웃음)

12월 28일

예비소집일.

온몸에 핫팩 붙이고 양쪽 주머니에 핫팩 넣고 털옷 털신 털모자 완전히 장착하고 현관 필로티 아래서 추위에 덜덜 떨며 워킹쓰루 (…) 예비소집 시작.

끝나고 나서는 안 온 학생들에게 다 전화 돌리기.

온몸이 두들겨 맞은 것 같다. 양 볼 빨개짐.

뭐 하나 쉬운 게 없다.

12월 30일

애들 보내자마자 미친 듯이 내년 교과서 나눠줄 거 박스 뜯고 분류하고 나르고 치우고……. 헉헉거리며 물 한 잔 마시니 바로 부장 회의. 하필 또 말할 게 많은 파트. 도대체 내 업무는 언제 하나요. 학급 업무가 쌓여 있다! 너무 피곤한 몸 끌고 집에 와 배달 어플 켬. 진짜 밥을 할 기운이 없는 것이다.

○ ○ ○

매년 이맘때면 애들에게 습관적으로 하는 말. 여러분, 2학년 되면 꼭 잊지 말고 이러이러하게 하세요. 샘이 1년 내내 얘기했죠? 까먹으면 안 된다? 여러분은 이미 다 배운 거예요. 내년에 안 배웠다고 하면 안 돼요. 알겠죠? 너네 다 배운 거다? 그치? 기억난다고 말해줘. 제발. 내년에도 이럼 안 돼! (나름 절박)

다음 해 1월 1일

차곡차곡 나이를 먹으며 내가 깨닫고 알고 있는 삶의 진리가 모두에게 다 적용되지 않는다는 걸 잊지 않으려 노력한다. 다양성을 인정하되 내 중심은 잡고 살기 위해 애쓴다. 대부분의 사람들이 각자 최선을 다해 살아가는 걸 따뜻한 시선으로 응원하며 나이 먹고 싶다. 매해 조금씩 더 좋은 사람이 되자.

1월 4일

"매일 '오늘 학교 어땠어?'라고 물으면 한 번도 빠짐없이 '재미있었어!'라고 외치는 ♡♡이를 보며 저희 부부가 얼마나 큰 안도감을 느꼈는지 선생님께선 모르실 거예요."라는 보호자님의 문자를 읽으며 행복하게 마무리한 날.

꼬꼬마들이랑 낮에 헤어지며 약간 울컥했지만 잘 참았는데 오후에 쏟아진 보호자님 문자들에 눈물 난 건 안 비밀. 힘들어도 견딜 수 있는 건 이런 순간 때문이죠. 암튼 저를 지금부터 'Z방학씨'라고 불러주십시오. 이번 학년도를 무사히 마무리한 내 자신 칭찬한다!

마지막 알림장

1학년은 낯선 환경, 낯선 선생님, 낯선 친구들을 만나 긴장하며 시작하게 되지요. 선생님들도 그걸 알기에 세심하게 보살피고 민감하게 관찰합니다. 보호자님께도 최대한 자세히 안내하고 언어 전달력이 미숙한 아이들을 대신해 알림장 밴드를 개설하여 알림장을 꼼꼼히 전달했습니다. 첫 학교생활의 시작을 행복하게 지내야 남은 초등학교 생활이 잘 흘러가리라는 믿음 아래 1학년 선생님들은 교육과 돌봄이 섞인 교육활동을 하게 됩니다.

다행스럽게도 올해 1학년 친구들은 매일 등교를 했습니다. 코로나 상황에서 마스크를 쓰고 친구와 어깨동무하며 놀지는 못했지만, 1학년 교사들이 최선을 다해 아이들을 즐겁게 해주고 가르쳐왔습니다. 2학년에 올라가도 조금은 1학년처럼 행동하는 시기가 초반에 있겠지요. 그렇지만 아이들은 모르는 사이 또 성큼 자라 있답니다.

2학년이 되면 상황이 조금 달라집니다. 아이들에게 학교는 더 이상 낯설기만 한 공간이 아니지요. 익숙한 교실, 친구들, 금세 가까워지는 선생님. 어느덧 어엿한 초등학생으로 자리매김합니다. 알림장도 손으로 직접 써서 가고, 선생님의 전달사항을 더 귀 기울여 들어야죠. 아이들의 성장을 위해 꼭 필요한 과정입니다.

　보호자님 입장에서는 2학년이 되니 선생님들께서 섬세하게 보살펴주지 않는다 여기실 수도 있습니다. 그러나 아이들이 자라기 위해서는 당연한 과정입니다. 1학년 때와는 다를 것이고 달라야만 합니다. 아이들이 스스로 자기자신의 생활을 챙기고 책임감과 자기주도성을 기르기 위해 처음의 시행착오와 삐걱거림을 너그러운 마음으로 지켜봐주세요. 2학년 생활을, 친구들을, 수업을, 담임선생님을 1학년 때와 비교하지 마시고 그해에 우리 아이들이 배워야 할 가치들을 배우는 시간이라 여겨주세요.

　선생님과 성향이 다를지라도, 그 다른 점으로부터 아이들은 또 새로운 가치를 배웁니다. 에너지 넘치는 선생님, 차분하고 꼼꼼하신 선생님, 엄격하시지만 공평하신 선생님, 무뚝뚝하셔도 속마음은 다정하신 선생님. 아이들은 또다시 새로운 선생님과 새로운 추억을 쌓으며 다양한 삶의 모습을 배우게 될 것입니다. 저와는 다른 방식도 존중해주시고 그 방식을 통해 아이가 배울 새로운 가치들에 집중해주세요. 비교하지 마시고 아이들 앞에서 선생님에 대한 좋은 이야기만 해주세요. 아이에게 있어 담임선생님에 대한 존경심을 가지게 되는 건 정말 중요합니다.

부디 부탁드리건대 2학년이 된 아이들이 두 발로 단단히 땅을 딛고 서서 쑥쑥 성장할 수 있도록 믿고 지켜봐주세요. 사소한 일들은 대범하게 넘길 수 있는 지혜를 가르쳐주시고, 아량 있게 친구들을 대하는 방법과 다툼이 있을 때 내 억울함만을 보는 것이 아닌 상대의 마음을 먼저 이해할 수 있는 너그러움을 가질 수 있도록 격려해주세요.

2학년 생활을 하시면서 궁금하신 점이 있다면 언제든 편하게 담임선생님과 학교로 문의하셔서 학생과 보호자와 학교 간에 원활한 소통이 이루어지는 한 해를 만들어가시기 바랍니다.

학교와 보호자가 서로 믿고 서로 지켜야 할 예의와 존중의 마음을 갖출 때 우리 아이들도 반듯하게 잘 자랄 수 있을 거라 믿어 의심치 않습니다. 한 해 동안 우리 반의 아이들과 저를 믿고 지지해주신 보호자님께 깊은 감사의 말씀을 드리며 새로운 우리 아이들의 2학년을 응원합니다.

다시, 봄

우리의 반짝이는 순간은 계속됩니다

2월 28일

오늘에서야 교실 쓸고 닦고 풍선 달고 선물 세팅하고 현수막도 다는 등 입학식 준비를 마무리하였다. 드디어 내일모레. 올해의 꼬꼬마들은 어떤 아이들일까. 매년 설레고 두근거리는 첫 만남의 준비. 서로가 서로의 마음에 꼭 들었으면 좋겠다.

3월 2일

우리 꼬꼬마들. 분명히 두 줄로 세워 걷기 시작했는데 어느새 한 줄. 사방팔방 쳐다보느라 눈동자 열 일. 세상 모든 것들 다 궁금해하다 보니 질문 백 번 하는 패기. 아… 마스크를 쓴 내 얼굴이 힘을 못 썼네. 온 얼굴로 표정 언어 전달을 해야 하는데……. 자, 내일부터 한 걸음씩 걸어보자!

∘ ∘ ∘

올해 꼬꼬마들이 기특한 점.

자기 자리 잘 찾아 앉음. 교문에서 교실까지 찾아오는 연습에서 헤매는 비율 낮음. 신발 한 번에 잘 벗음! 우는 꼬꼬마 없이 의젓! 박수 칠 때 자동으로 우와~ 환호성 곁들여주는 센스!

오늘 열심히 쌍따봉을 날리며 "여러분 같은 1학년은 처음이에요!" 호들갑 잔뜩!

3월 3일

오늘 하루. 고도의 심리전을 동시다발적으로 펼쳤더니 뇌에 과부하가 온 듯하다.

야생의 꼬꼬마들, 그래봤자 내 손바닥 안이다!

하루 만에 눈에 보이게 정리된 분위기. 집에 갈 때 되니 왜 이렇게 빨리 끝나냐며 내일은 뭐 할 거냐고 묻는 반짝이는 눈동자들. 즐거웠다니 선생님도 좋구나. 근데 정말 최고로 피곤하다.

○ ○ ○

남녀 나눠서 화장실 사용법 실제로 배우던 중. 남자 화장실 소변기 설명하는데 갑자기 쉬 마렵다며 미처 말릴 새도 없이 발목까지 바지 내리고 볼일 보는 꼬꼬마. 본의 아니게 실시간 알궁뎅이를 목격했다. 그러나 다른 꼬꼬마들 모두 태연. 심지어 같이 볼일을 보더라. 자유로운 영혼들이구나, 너네······.

°°°

급식 먹기 전 각종 교육 중. 우리 학교 급식이 너무 맛있다 보니, 선생님이 원래 빼빼 말랐었는데(잠시 양심이 없었습니다, 하하.) 이 학교 급식 먹고 이렇게나 건강(?)해졌다며 약(?)을 팔았다. 급식 다 먹고 난 뒤, 우리 반 꼬꼬마들 엄지 척! 샘의 건장함(?)을 이해하겠다는 그 눈빛! 음… 묘하게 자랑스럽군? 하하하.

°°°

사실 1학년의 3월 초는 매 순간이 배움이고 수업인데. 오늘 아이들이 가져온 각종 준비물 정리, 외투 정리, 책가방 거는 법, 실내화 신고 신발 정리하는 법 등 온갖 것들을 다 배우고 익히는 과정을 거치며, 여덟 살 꼬꼬마들은 언제 공부하냐고 날 자꾸 들볶는 것이다. 지금 공부하고 있다고, 이 녀석들아!

전국의 1학년 학부모 여러분. 귀 댁의 자녀들은 학교에서 공부를 하나도 안 했다고 말하겠지만……(저 잠시 울어도 될까요?) 실제로는 '초등학생'으로 살아남기(?)의 기초를 배우고 있으며, 이는 '창의적 체험활동'이라는 정식 교육과정의 일환으로서 반드시 배워야 하는 필수 교육과정임을 꼭 좀 알아주십시오……. (아이들 학교 가서 놀다 오는 거 절대 아님…….)

어른들 어릴 적 배웠던 〈즐거운 생활〉, 〈슬기로운 생활〉, 〈바른 생활〉이 주제통합교과로 전환된 지 오래. 초1과 초2는 〈봄〉, 〈여름〉, 〈가을〉, 〈겨울〉 책을 통해 그 계절과 시기에 배워야 할 것을 주제 중심으로 학습. 나와 우리, 이웃, 나라 등등 다양한 분야를 통합적으로 배웁니다. 만들고 그리고 표현하고 노래하고 뛰어노는 놀이를 통해서요.

°○°

1학년 샘들이 급식실에서 단체로 '영혼 털리는' 과정을 실시간으로 목격한 2학년 담임인 친구. 1학년 꼬꼬마들과 자기 반 애들을 번갈아 가며 보다가 사람 만들어 올려보내줘서 고맙다며 1학년 담임들에게 배꼽 인사하고 왔다고 말하더라.

1학년 끝날 때쯤 되면 우주 정복 가능한 수준으로 사람 된다! 기적이다!

___

3월 4일

1학년이 매력적인 이유. 하루만 가르쳐도 확확 변하는 모습, 배우려는 열망, 반짝이는 눈동자, 뭘 해도 신나 하는 열린 마음……

이토록 학교의 모든 것을 만끽하려는 꼬꼬마들의 기대에 부응하기 위해서 오늘도 만성피로 상태의 노구(?)를 이끌고 최선을 다할 수밖에 없다.

∘ ∘ ∘

아침맞이하다가 잠시 복도에 나갔는데 방황하는 어린 영혼 발견. 자기 이름은 아는데 반을 모름. 책가방에 아무것도 없음.

"선생님 어떻게 생겼어요?"

"(눈물 글썽거리며) 예뻐요."

웃음을 꾹 참고 학년 단체 톡방에 '☆☆ 학생의 예쁜 담임샘 어여 데려가세요.'라고 쓴 뒤, 그 반 선생님 나와서 데려가심.

∘ ∘ ∘

색칠하기 가르치며 칠판에 나뭇잎 하나 그렸더니 선생님 그림 잘 그린다며 박수쳐주는 어린이들. "테두리를 칠하고 안을 꼼꼼히 채우세요." 하고 색칠을 했더니 진짜 잘 칠한다며 감탄한다.

애… 애들아. 나 선생님이야…… 하하핫.

뭘 해도 칭찬받는 1학년 담임의 삶. 제가 어디서 이런 대접을 받겠습니까. 후훗.

"선생님⋯ 저 원래 시금치 못 먹거든요? 엄청 싫어요. 근데 선생님이 우리 학교 급식은 똑같은 음식도 훨씬 더 맛있다고 했잖아요. 그래서 한 번 먹어봤는데 시금치가 맛있어요! 저 이제 시금치를 먹을 수 있게 됐어요!"

아…… 진짜 넘 예쁘다. 여덟 살 인생 처음으로 시금치가 맛있었다는 고백.

°   °   °

어린이는 어린이라서 더 존중받아야 한다. 하나의 오롯한 존재로 대접받아야 한다. 결과보다는 과정에 초점을 맞춰 격려해주어야 한다. 어린이의 귀여움은 그 모든 과정 속에서 한껏 배우고 자라는 순간순간의 찬란함으로부터 나온다.

배움과 성장이 있는 교실을 꾸리려 노력하는 이유다.

3월 7일

날이 정말 좋아서 잠시 꼬꼬마들 데리고 학교 한 바퀴. 놀이터에서 10분간 놀이시간 줌. 야심 차게 정글짐 기어 올라간 꼬꼬마, 못 내려와 울상. 안아서 내려주기엔 너무 건강한(?) 체격이라, 말로 내려오는 방법 열심히 설명. 모든 아이들 어느새 한 마음으로 응원!

"할 수 있어!"

땅에 꼬꼬마의 발이 닿던 순간, 모두 박수!

3월 8일

풀칠하는 법을 가르치며 "색칠하듯 풀을 다 칠하면 종이가 쪼글거리니 요렇게 색칠하세요." 하고, 풀자국 안 보일까 봐 주황색 색연필로 종이 테두리 따라 네모 그리고 대각선으로 X표 쳐서 보여준 뒤 그 위에 풀칠했음. 고대로 주황색으로 따라 그리고 풀칠한 꼬꼬마들. 풀칠만 해도 되는데…… 미안해, 얘들아.

3월 9일

"잘하는 어린이도 좋지만 선생님이 진짜 좋아하는 어린이는 어떤 어린이일까요?"라는 질문에 "노력하는 어린이요!"라고 대답한 꼬꼬마가 있어서 깜짝 놀랐다. 너네 1학년 N회차니……. 올해의 꼬꼬마들은 어딘가 모르게 성숙(?)하다. 유치원을 꾸준히 다닌 아이들 특유의 저력이 있는 것일까!

3월 10일

아침맞이. 한 명 한 명 눈을 마주치며, 어제는 잘 잤는지, 오늘 기분은 어떤지, 겉으로 보이는 변화가 있다면 그걸 묻기도 하고, 이야기를 들어주기도 한다. 짧은 대화를 나누고, 아이의 전체적인 상태를 스캔하는 것도 필수.

한껏 반갑게 인사하는 꼬꼬마들이 오늘 나의 가장 큰 위안이었다.

∘ ∘ ∘

작년의 꼬꼬마. 가장 장난꾸러기였지만 가장 웃겼고, 산만하기 이를 데 없었지만 너무나 마음이 따뜻했던, 매력 만점 내 사랑. 급식실에서 마주친 꼬꼬마에게 "넘 보고 싶었어! 넌 선생님 안 보고 싶었니?" 궁시렁거렸더니 의젓하게 내 어깨를 두드리며 "저도 보고 싶었죠."라고 말함.

우리 나이가 바뀐 듯……

∘ ∘ ∘

줄넘기 첫 시간. 자기는 줄넘기를 못 한다며 얼굴 가득 근심 걱정.

"걱정 마세요. 샘이 예언한다! 우리 반 친구들은 올해 모두 다 줄넘기를 넘을 수 있어요!"

줄을 넘겨 발 앞에 두고 폴짝 뛰어넘는 걸로 시작. 아직 컨트롤이 잘 안 되는 팔다리를 휘두르며 열심인 꼬꼬마들.

뭐든 첫 시작은 그래. 선생님이 응원할게!

3월 11일

잘못을 인정하기보다는 우기거나 모르쇠로 일관하는 예민한 꼬꼬마. 그동안 지켜보다 오늘 정면 승부(?). 차근차근 반박하니 "이 잉!" 분한 얼굴이다가 울음을 터뜨렸다.

"선생님은 @@이가 잘못을 인정하면 담부턴 그러지 말자, 하고 그냥 넘어갈 거야. 그리고 변함없이 @@이를 좋아할 거야. 그런데 계속 이러면, 선생님은 @@이랑 매일매일 이렇게 말싸움을 해야 해. 그럼 선생님도 @@이도 둘 다 속상하겠지? 잘 생각해보고 선생님에게 말하러 오세요."

얼마 후 눈물 그렁그렁한 채로 와서 사과하는 @@이.

"잘못한 걸 잘못했다고 말하는 건 정말 용기 있는 거야. 선생님은 오늘 @@이의 용기에 반했어! 정말 감동이야. 오늘부터 선생님이랑 @@이는 서로 마음이 통한 사이니까 지금보다 더 친하고 가까운 사이가 되겠다! 정말 기분 좋은 날이다. 그치?"

특별히 아이의 손을 잡고 데려다주는 다정한 하굣길.

마중 나온 어머니께 오늘 너무나 학교생활 잘했다고 폭풍 칭찬.

눈 찡긋. 수줍은 눈빛 교환.

오늘도 잘 마무리했다.

° ° °

"선생님! 뚜껑이 안 열려요."(쾌히 따줌)

"리본이 풀렸어요!"(얼른 묶어줌)

"마스크 줄 꼬였어요!"(풀어줌)

"색칠해주세요!"(이건 ♡♡이가 할 수 있는 거니까 스스로 해보는 게 좋겠어요. 선생님은 혼자 할 수 없는 걸 도와줄게요!)

무조건적인 보살핌이 아닌 아이의 성장을 위한 도움을 주는 것이 내 역할.

3월 12일

우리 반 꼬꼬마들은 1년 동안 천천히 수다쟁이들로 변신한다. 내가 꼬꼬마들의 이야기 듣는 걸 매우 좋아하기 때문이다.

자신의 이야기를 할 줄 안다는 것은 엄청난 능력이다. 이걸 배우기 위해선 인내심을 가지고 경청하는 누군가가 필요하고, 교실에서는 그 역할을 교사와 친구들이 해야 한다. 그러기 위해선 말하고 듣는 연습을 일상에서 꾸준히 해야 하고. 아이들과의 대화를 통해 직간접적으로 좋은 모습을 자꾸 보여주고 경험하게 해야 한다. 내 주변에 몰려들어 서로 이야기하거나 끼어들거나 하는 꼬꼬마들의 이야기를 중재하며 한 명씩 적시 적소에 말할 수 있게 만드는 조율.

"우와, 그래?" 하고 이야기를 이끌어내고, 서툴거나 말이 되지 않아도 일단 수용, "이야기 끝날 때까지 잠깐 기다려줄래?" 양해를 구하고 내 차례엔 내 이야기를 할 수 있다는 믿음을 주기. 수업뿐만 아니라 생활 속 모든 순간순간에 배움이 일어나도록 하는 것이 교사의 역할. 그저 학습만 중요한 게 아니다.

9시 5분인데 아직 안 온 꼬꼬마. 일단 수업 시작. 아이들 색칠할 때 전화하려 복도에 나왔다가 느지막이 도착한 꼬꼬마와 만났다.

"늦잠 잤어요?" (도리도리)

"왜 늦었어요?"

"엄마가요. 너무 맛있는 반찬을 해주셔서 밥 다 먹고 오느라 늦었어요, 헤헤."

아이고야. 얼마나 맛있었으면! 잘 먹고 왔으니 됐다!

°°°

얘들아. 색종이가 원하는 대로 안 접어져! 이럴 때 두 종류 사람이 있다?

아쉽다. 왜 잘 안 접어질까? 어떻게 하면 잘 접을 수 있을까? 괜찮아. 담번에 잘 접으면 돼!

이런 사람은 고수야. (엄지 척)

근데 울고 짜증 내고 다시는 안 접는다 그러고 망했다고 포기하는 사람은?

이런 사람은 하수야. (엄지 아래로)

산책 삼아 학교 한 바퀴 돌았던 어느 날. 가지 끝 조롱조롱 매달린 빨간 매화봉오리를 보고 "곧 예쁜 꽃이 피겠네! 꽃 보러 오자!" 꼬꼬마들과 약속했었다.

오늘 급식 먹으러 가는 길, 햇볕이 좋아서 한 바퀴 또 돌아보는데 "꽃이 피었어요! 우와!!" 꼬꼬마들의 탄성. 올망졸망 모여 다 같이 감탄. 너희가 꽃보다 더 예쁘다.

개학 2주 만에 작년의 마법소년과 조우! 넘 반가워서 눈물 날 뻔! 선생님 안 보고 싶었냐고, 왜 놀러 안 왔냐고 투덜거렸더니. 자기는 이제 2학년인데 1학년 교실을 어떻게 가냐며! (너무나 마법소년다운 이유에 웃음 터짐)

그 와중에 눈으로 한껏 웃으며 나름의 반가움을 표현한 우리 마법소년. 잘 자라야 한다!

3월 17일

아무것도 바라지 않고 오롯한 애정을 쏟을 존재가 있다는 건, 어찌 보면 큰 축복이다. 잘 웃고, 재미있게 놀고, 그저 차근차근 자란다는 이유만으로도 마냥 기특하고 사랑스러운 존재. 어린이. 누구나 어린이였던 시절이 있다. 그 시절의 호오와 상관없이, 어린이를 존중하는 세상이었으면 좋겠다.

3월 18일

아이에게 실패하는 법을 가르치자. 어린 시절의 실패가 뭐 그리

죽고 사는 대단한 문제겠는가. 내 아이의 실패를 용납하지 못하고 뭐든 성공적으로 해내길 바라는 부모의 욕심이 아이에게 얼마나 큰 독인지 안다면, 그렇게 앞장서서 아이 앞의 장애물들을 치우지 않을 텐데.

어린이는 이겨내면서 큰다. 잘할 수 있는 방법을 가르치기보다는 시행착오를 통해 스스로 깨우치고 배울 수 있도록 기다려주는 인내심, 그것이야말로 부모가 꼭 갖춰야 할 요소다. 건강과 안전은 살뜰히 챙기되 배움과 성장은 스스로 길을 찾아갈 수 있도록 눈치 있고 센스 있게 간접적으로 지원하는 게 부모의 역할 아니겠는가.

3월 21일

"선생님! 이거 가질래요?"

"우왕. 이게 뭐예요?"

"제가 접은 미니카예요."

"대박! 와… 진짜 짱이다. 선생님 줘도 괜찮겠어요?"

"(급 자신만만한 말투로) 저는 이거 금방 접을 수 있어요. 집에 백 개도 넘게 있어요!"

"와, 그럼 고맙게 받을게요. 진짜 고마워요!"

"헤헤." (너무나 기뻐하는 꼬꼬마)

너의 미소가 진짜 선물이라는 걸 너는 알까.

∘ ∘ ∘

"얘는 색칠 못했는데 왜 잘했다 그래요?"

"(급 진지한 표정으로 그 꼬꼬마를 쳐다보며) 샘에게 잘하고 못하고는 처음보다 얼마나 더 나아졌느냐, 얼마나 더 열심히 했느냐예요. 선생님은 대충 적당히 한 것보다 서툴러도 열심히 한 게 훨씬 잘했다고 생각하고, 그런 친구는 앞으로 더더 잘할 거라 믿어요."

∘ ∘ ∘

지친 몸과 정신으로 퇴근을 했다. 자기 직전 하루를 되짚어보며 오늘 하루가 나쁘지만은 않았다고, 그래도 행복한 순간이 있었다고 스스로에게 일깨워준다. 내 너덜거리는 영혼을 매만져주는 좋은 기억은 대부분 아이들로부터 나온다. 세상이 나에게 인류애를 빼앗고 아이들이 채워주는 나날들.

3월 22일

날이 참 좋아서 봄햇볕 쬐러 잠시 나감.

"여러분! 집에서 비타민이나 유산균 먹잖아요, 햇빛을 쬐면 비타민D가 몸에서 생겨요!"

"저 그거 알아요! 뼈가 튼튼해지는 거예요! 감기도 안 걸려요!"

아이고, 우리 똘똘이들.

자! 우리 공짜 비타민 좀 얻어볼까? 다들 으음~ 눈 감고 햇볕을 만끽. 평화로운 시간이었다.

3월 23일

"선생님! 삐뚤어졌어요." "삐져나왔어요, 어떡해요." 울먹울먹한 얼굴로 말하는 아이들.

얘들아, 선생님은 1학년을 오래 가르쳐서 척 보면 알아. 열심히 했는데 잘 안 된 건지, 대충 한 건지. 그러니 결과는 걱정하지 말고, 열심히 순간순간 최선을 다해주세요. 선생님이 여러분의 모습을 보며 잘했는지 못했는지 말해줄게요.

천차만별의 결과물을 들고 나와도 마음을 다해 칭찬해줄 수 있는 이유. 나는 그 과정을 모두 지켜봤기 때문이다. 낑낑거리며 어떻게든 잘하려고 애쓰는 여덟 살 꼬꼬마들의 최선은 칭찬받아 마땅하다. "손이 아팠을 텐데 포기하지 않고 해냈구나!"라는 감탄에 뿌듯해하는 그 표정이 아이들의 저력이 될 것을 안다.

입학적응교재를 오늘부로 마무리하고 교과서를 배부했다. 왜 이렇게 책이 많냐며 눈빛이 흔들리는 꼬꼬마. 엄청 재밌겠다며 설레어하는 꼬꼬마.

〈국어〉〈국어 활동〉〈수학〉〈수학 익힘책〉〈안전한 생활〉〈봄〉

여섯 권의 책 뒤에 또박또박 이름을 쓰고 가지런히 서랍에 정리. 이제부터 본격적으로 시작이다! 아이들도 나도 설렌 날.

∘ ∘ ∘

꼬꼬마들에게 다정한 만큼이나 엄격할 때는 매우 단호하려 노력하는 편인데, 이런 일관성 있는 태도가 아이들에게 옳고 그름을 본능적으로 배울 수 있게 해준다고 믿기 때문이다. 엄격과 단호는 감정을 배제한 건조한 태도로 힘 있게 보여줘야 아이들 마음이 상하지 않으며 진짜 신뢰는 이때 생긴다.

° ° °

상담주간이 오고 있다. 어차피 모두 신청하실 거라, 그냥 우리 반 모두 다 상담하겠다고 안내했다. 안 되는 요일과 시간대만 알려주시고 그냥 일괄적으로 짜서 공지하겠노라고. 신청한 날짜와 시간대 요리조리 맞춰 짜는 것보다 이게 효율적이다.

내 성대야, 힘내라.

3월 25일

꼬꼬마들과 '고자질이란 무엇인가!'에 대해 한참 이야기 나눈 뒤, 차분한 꼬꼬마 하나가 머뭇거리더니 다가와 귓속말을 한다.

"선생님, @@이가 방금 놀이 테이블 위에 앉았어요. 이건 위험한 행동이니까 선생님한테 말해야 하는 거죠? 고자질 아니죠?"

그 짧은 순간 고민했을 그 마음이 예뻐, 얼른 안아주었다.

° ° °

"자, 23쪽 펴세요. 이렇게 2와 3이 쓰여져 있어요."

"왜 23이라고 안 하고 2와 3이라고 해요?"

"아직 배우지 않은 큰 숫자라서 혹시 못 찾을까 봐 그래요."

"나는 아는데!" "저는 100까지 셀 수 있어요!"

"그래그래. 아직 배우지 않은 친구들이 속상해할 수도 있으니까 이미 알더라도 우리 이렇게 시작해보자."

"네!"

3월 29일

"선생님! 선생님은 쉬는 시간에 뭐 하고 놀아요?"

"너네들 구경하며 놀지!"

"우리 구경하면 재밌어요?"

"세상에서 젤 재밌지!"

"그럼 우리도 우리 구경(?)하자!"

자기들끼리 멀뚱멀뚱 쳐다보는 아이들. 그러다 서로 웃음 빵 터짐.

"와, 구경하는 거 진짜 재밌다!"

"뭐가 재밌다고?"

(우르르 몰려드는 아이들로 갑자기 북새통.)

∘ ∘ ∘

"선생님, 오늘 돌봄교실 가기 싫어요."

"왜요? 어디 아파요?"

(머뭇머뭇)

급하게 체온 측정. 정상.

"오늘 공부가 힘들었어요?"(도리도리)

"친구가 속상하게 했어요?"(도리도리)

"그럼 왜 그럴까?"

"(급 눈물이 차오르며) 갑자기… 갑자기… 엄마가 보고 싶어요! 엉엉."

"헉! 알겠어요! 엄마한테 전화해줄게요!"

전화를 받으신 꼬꼬마 어머님. 웃으며 사정을 설명하고, 아이가 잘 적응하는 것처럼 보여도 몸과 마음이 무의식적으로 긴장하고 있어서 가끔 이럴 수 있다는 말에 수업 끝나면 데리러 오시겠다고……. (다행)

반전은……"급식은 꼭 먹고 갈 거예요!"하며 밥을 야무지게 먹고 귀가해서, 어머님을 기다리게 했다는 것. 하하하.

○ ○ ○

1학년 담임을 오래 하면 생기는 능력. 무엇을 물어봐도 1학년 눈높이에 맞는 쉬운 언어로 풀어서 대답해줄 수 있다. 놀라운 건, 내가 말하면서도 이런 설명이, 복잡한 한자와 모호한 비유보다 훨씬 직관적으로 본질에 닿아 있다는 느낌이 든다는 것. 가르치며 동시에 배운다는 건 이런 걸 말하는 건가 봐.

3월 30일

아직 공부가 서툴고 어려운 꼬꼬마. 끙끙거리며 쉬는 시간까지 애쓰더니 활동지를 완성해서 확인받으러 왔다.
"끝까지 열심히 한 @@이의 노력이 너무 멋지다. 정말 감동이야. 오늘 누구보다 잘했어, 정말."
씩 웃으며 뿌듯해하는 그 미소에 아이의 미래가 있다.
"쉿, 비밀이야."
몰래 사탕 하나를 아이 주머니에 쓱 넣어주었다.

놀이터 이용법을 배우고 신나게 놀던 한 명이 헐레벌떡 달려와,

"선생님… 서… 선생님… 헉헉. 어… 선생님… 선생님?"

처음엔 숨차서 말도 제대로 못하고, 그 뒤엔 숨 고르다가 까먹은 눈치다.

빛의 속도로 스캔 후

"더워요? 단추 풀어줄까요?"

"네!!!"(매우 기뻐함 + '어떻게 아셨지?' 하고 갸우뚱)

3월 31일

"선생님! 고기 더 받아와도 돼요?"

"그럼 그럼. 더 달라고 해!"

"예쓰!!!"

주먹을 불끈 쥐고 진심으로 기뻐하는 꼬꼬마. 일상의 소소한 행복을 온몸으로 느끼고 표현하는 여덟 살의 찬란한 시간. 포도 주스를 앞섶에 잔뜩 흘려도 걱정 없이 싱글벙글.

맘껏 누리자, 다시 오지 않을 지금을.

° ° °

"그림이 생각보다 작지요? 아냐 아냐. 마음이 넓은 사람은 이 그림이 진짜 크게 보인다?"

"진짜 커요! 완전 크게 보여요!!"

실시간으로 약(?)을 팔며 주접떠는 샘과 이에 호응하는 꼬꼬마들의 환상 짝짜꿍.

4월 1일

"선새애애앵니이이임!!!"

저 멀리서 빛의 속도로 뛰어오더니 온몸 박치기로 뛰어 안기는 작년 꼬꼬마. 어이쿠! 받아내다 뒤로 넘어갈 뻔. 옆에 있던 꼬꼬마의 친구가 "???" 이런 표정으로 쳐다보니 우쭐거리는 말투로 "우리 선생님이야!"라고 소개해줌.

나 아직 너의 선생님이야? 넘 좋다.

° ° °

꼬꼬마들에게 항상 하는 말.

괜찮아요.

결과가 나쁠 수도 있어요.

언제나 성공만 할 수는 없잖아?

하지만 우리는 항상 배울 수 있어.

실패할 때도 배우고, 성공할 때도 배우고.

언제나 배울 수 있다는 게 제일 멋진 거예요.

하나씩 차근차근 서두르지 말고 해보자.

그럼 언젠가는 할 수 있어!

4월 4일

'약속 나무' 만드느라 실물화상기에 내 손을 대고 손바닥 따라 그리기 시범 보이던 중.

"선생님! 그 반지, 결혼반지예요?"

한 꼬꼬마의 물음.

"맞아요."

"우와, 선생님 결혼했나 봐. 선생님은 아들을 낳을까, 딸을 낳을까?"

못 참고 크게 웃음.

애… 애들아. 내 나이는……. (먼 산)

○ ○ ○

　어른들도 다 자기 맘 맞는 소수의 몇몇과 친구 하는데 아이들이
라고 다르겠나. 여덟 살도 나름 자기 기준이 있다. 같이 있으면 재
밌고 편안한 아이들과 자연스레 친구가 된다. 안 맞는 아이들은 그
냥 서로 존중하고 배려하는 같은 반 친구로만 지내는 게 평화롭다.
모두와 '찐친'이 될 수는 없다.

　결국 "친구가 많이 없는 것 같아요."라는 말은 의미가 없다. 친구
가 꼭 많아야 할 필요는 없으니까. 다만 서로 다른 생각을 가진 사
람들 사이에서 평화롭게 지낼 수 있는 사회성을 기르는 것은 중요
하다.

　친구는 친구. 공존은 공존.

　우리 모두 다 그렇게 어울려 살아간다.

──────
4월 5일

　여덟 살은 '좋은 결과물'보다 '열심히 하는 과정의 즐거움'을 배
워야 하는 나이다. 나중에 어른이 되어 쉬이 흔들리지 않는 단단
한 심지를 갖추기 위해서라도 주변의 어른들이 그런 것을 함께 믿
고 이야기해줘야 한다. 아이들이 자라서 겪어야 할 세상은 험할지
라도, 지금은 이런 가치를 배워 마음밭을 일궈야 한다.

시간 내에 다 못해 속상한 꼬꼬마. 결국 울먹거리며 눈물 주르륵.

"선생님이 잘하는 게 중요하다 그랬어요, 아님 열심히 하는 게 중요하다 그랬어요?"

"(훌쩍이며 속삭임) 열심히 하는 거요."

"우리 @@이는 열심히 했으니까 다 한 거나 마찬가지야. 나머지는 내일 해도 괜찮아요. 그만 울고 밥 먹으러 가자!"

4월 6일

아이들도 나름대로 사회생활을 한다. 집에서 보이는 걱정스러운(?) 모습은, 가족이 나를 있는 그대로 받아주는 편안한 존재라서 나오는 걸지도. 공동체 생활에서 나에게 기대되는 모습에 부응하기 위해 노력하며 성장해나가는 여덟 살 꼬꼬마들의 멋진 삶을 응원한다!

°₀°

"얘들아. 드디어……(비장) 이 노래를 배울 때가 됐어요!"

"뭔데요, 뭔데요!"

"이 노래를 배워야지만 우리가 밖에 나가서 한껏 봄을 느낄 수 있어! 〈벚꽃팝콘〉! 표표봉 퐁퐁 표봉퐁! 퐁포봉 퐁퐁 포봉퐁!"

꼬꼬마들 넘 재밌다며 열창! 이제 벚꽃 피기만 해봐라. 이 노래 신나게 부르며 산책할 테다!

___
4월 8일

책 〈배고픈 애벌레〉를 읽으며 애벌레가 먹은 음식들의 순서를 찾아보는 공부(수학-수의 순서). 먹을수록 점점 얼굴빛이 달라지는 애벌레를 보더니 한 꼬꼬마가 "어떡해! 얼굴이 초록색이 됐어! 체했나 봐!"

다른 꼬꼬마 왈, "똥 싸면 되는데!"

아 진짜! (대폭소) 정말 필사의 힘을 다해 웃음을 참고 남은 책을 마저 읽었다.

___
4월 11일

내가 'ㄱ 카드' 들면 아이들은 '기역 카드' 들고, 내가 'ㅂ 카드' 들면 애들이 '비읍 카드' 드는 아주 단순한 게임을 했는데 교실은 온통 열광의 도가니.

"선생님! 저 넘 긴장돼서 가슴이 두근두근해요. 무슨 카드 나올까 넘 궁금해요!"

이게 이렇게 재미있을 일이냐. 뭐든 몰입도 짱인 여덟 살 아이들의 놀이 열정!

◦ ◦ ◦

무선 프리젠터를 손에 들고 아이들과 PPT 넘겨가며 숨은 그림 찾기를 했다. 교실을 순회하며 진행하는데, 숨은 그림에 빨간 동그라미가 그려지자 꼬꼬마들 "우와!" 한다.

"샘 어떻게 저기 동그라미 쳐져요? 마술이에요?"

"(손바닥에 있는 프리젠터 짐짓 감추며) 영업비밀이야."

"영업비밀이 무슨 말이에요?"

음… 그… 그건…….

4월 12일

내일 수업을 준비하느라 동학년 샘들과 강당에 '봄길 걷기' 코스 꾸미는데, 다들 어떻게 하면 아이들이 더 신나고 재미있게 할까 아이디어 짜고 낑낑거리며 이것저것 설치하고 열정을 다했다. 수업을 위해 쏟는 노력과 시간이 절대 아깝지 않은 이유. 있어야 할 자리에서 해야 할 일을 제대로 하는 것.

○ ○ ○

낼모레 바깥에 나가 봄꽃 찾아보는 공부를 해야 하는데 이상고온과 내일 비 소식으로 인해 봄꽃이 제대로 남아 있을지 조마조마하다. 기후 위기가 피부로 느껴진다. 덜 사고 덜 버리고 욕심껏 소비하는 걸 멈추기 위해 노력한다.

○ ○ ○

내일 비 예보로 습도도 높고 기온도 높고 아이들은 덥고 교실이 어수선. 그래, 이런 날도 있고 저런 날도 있지. 계획했던 대로 수업이 흘러가지 않고 자잘한 다툼과 갈등도 잦았던 오늘의 교실. 괜찮다. 다 괜찮다. 오늘은 나에게 주문을 외자. 흘러간 시간을 곱씹지 말자. 내일 더 잘하면 되지!

──────
4월 13일

수업 시간마다 힘들다며 몸 비틀던 우리 막내 꼬꼬마의 엄청난 변화 목격! 쉬는 시간에 오더니 "우리 공부 언제 해요? 빨리 공부하고 싶단 말이에요."

왜 그런지 나는 알지! (하하) 수학 문제 잘 푼다며, 너무 놀랍다며, 며칠 동안 오버해서 칭찬했더니 수학 시간만 되면 눈을 반짝이며 자신감 가득한 귀요미.

4월 14일

칭찬만 받고 자란 꼬꼬마. 학교에 오니 내가 주인공이 아니고 나보다 잘하는 친구도 많은 현실에 적응하지 못하여 마음이 삐뚤빼뚤. 여러 문제가 복합적으로 작용하다 보니 꽤 어렵다. 다양한 솔루션 외에도, 일단 많이 안아주기로 한다. 너를 애정한다는 신호를 꾸준히 주는 게 가장 기본이니까.

∘ ∘ ∘

동학년 샘(생애 첫 1학년을 맡음)이 협의 시간에 긴 한숨을 내쉬며 이렇게 말씀하셨다. "애들이 화장실에 똥이 있다고 소리소리 지르길래 '애들아, 화장실에 똥이 있는 건 당연(?)한 거야. 교실에 똥이 있으면 소리를 질러야지.'라고 했는데 제가 왜 그랬을까요……."

듣고 있던 선생님들 모두 대폭소. 연구실에서 배를 잡고 굴렀음.

 <u>4월 15일</u>

봄꽃 관찰하러 학교 뒤 공원 나들이. 봄맞이꽃. 봄까치꽃 등을 보며 예쁘다고 감탄. 냉이꽃 잎을 아래로 꺾어 귀에 대고 흔들면 잘랑잘랑 소리가 난다. 신기해하며 서로 귀를 가져다 댐. 민들레, 수수꽃다리, 꼬리뱅이, 황매화, 살갈퀴, 조팝나무꽃…….

온천지에 봄이 가득하여 꼬꼬마들 한껏 들뜬 날.

ᵒ°ᵒ

꼬꼬마들과 여기저기 제비꽃 찾던 중 소나무들 뒤쪽 그늘에 지천으로 난 제비꽃 발견.

"우와, 정말 예뻐요!"

작고 우아한 보라색 꽃을 밟을세라 조심조심 다가가 옹기종기 머리 맞대고 관찰. 대왕 민들레 발견했다는 환호성. 수수꽃다리 향기가 넘 좋다고 감탄.

여덟 살의 봄을 만끽하는 너희들.

4월 18일

"샘! 사과 먹고 싶은데 사과가 안 씹혀요!"

급식 디저트 먹으려던 꼬꼬마 하나 울상. 앞니가 없어 사과를 잘라 먹을 수 없는 자의 슬픔이여!

"다른 친구들처럼 먹으세요."

양옆에 앉은 꼬꼬마들 열심히 송곳니로 갉아 먹고 있음. 빨아 먹고 녹여(?) 먹고…….

아이고. 그나마 저학년용으로 작게 자른 건데, 더 작게 자를 수도 없고 어쩐담.

4월 20일

배려와 존중은 경험을 통해 삶 속에서 녹아드는 것이다. 현실 속 내 삶이 녹록지 않다 하더라도 '옳은 것'에 대한 기준이 바로 서야 인간다움을 지킬 수 있다. 어린이를 아끼고 존중하는, 어린이의 성장을 위해 배려를 아끼지 않는 어른이 되어주자.

아이들이 더 나은 세상을 만들어갈 수 있게.

4월 22일

"선생님! 오늘 날씨가 시무룩해요!"

"으…응?"

바깥을 보니 하늘이 잔뜩 흐렸다. 하하하, 맞네. 진짜 하늘이 시무룩하네. 반짝거리는 그 생각들이 매번 날 감탄하게 만든다.

◦ ◦ ◦

교직생활 내내 마주하게 될 마음이 아픈 아이들. 아직 내공이 모자란 건지 이번 주 내내 마음이 지옥이었다. 내색하지 않는 게 나의 최선이었을 정도. 어떻게든 넘어가야 할 고비. 그래도 마음이 힘들 때마다 작고 따뜻한 품으로 날 안아준 우리 꼬꼬마들. 진짜 너희들을 보며 버텼다. 고마워, 정말.

○○○

우리 막내 꼬꼬마. 처음으로 내 도움 없이 멋지게 작품 완성! 좀
삐뚤삐뚤하면 어떠냐. 내가 더 감격.
"♡♡아, 샘이 우리 ♡♡이 보러 학교 온다니까. 매일매일 조금
씩 더 잘하는 우리 ♡♡이. 진짜 넘 자랑스럽다!"
귓속에 소근소근. 둘이 눈빛 주고받기.
성장하는 너를 보는 게 나의 기쁨이야.

4월 24일

경력이 쌓여도 수업이 쉽지 않다. 보이는 게 많은 만큼 내 기준
도 올라가기 때문. 수업을 말아먹는 일은 없지만 만족스러운 수업
을 하는 횟수를 늘리는 게 미션이 되는 나이. 평범한 교사의 삶을
영위하는 데 있어, 어떤 의미에서 가장 중요한 건 내 만족이다. 남
보다 내가 날 판단하는 기준이 중요하다고!

○○○

부정적인 생각에 매몰되지 않기 위해 의식적으로 생각의 흐름

을 끊어내는 연습을 오랫동안 해왔다. 맘대로 안 되는 걸 되게 하려면 꽤 많은 시간과 노력이 필요하나 결코 헛되지 않은 시간.

인생이 짧단 생각을 종종 한다. 해결되지 않는 문제가 내 정신을 좀먹지 않도록 마음을 자꾸 매만져야 한다.

4월 27일

"선생님은 @@이랑 ♡♡이 중에 누가 더 좋아요?"

순간 빵 터져서 조용히 눈을 반짝이는 꼬꼬마를 끌어안고 귓속말.

"샘은 너가 젤 좋아. 근데 이건 비밀이니까 다른 애들한텐 말하면 안 돼!"

얼굴 가득 웃음꽃이 피더니 고개 끄덕이며 "저 혼자 마음으로만 알고 있을게요!"

마음으로만 안다니, 예뻐.

5월 2일

교실 칠판에 열정적으로 그림을 그려가며 땅따먹기를 가르친 뒤 운동장으로 실습(?)하러 나감. 삼삼오오 모여앉아 요리조리 돌을 튕겨가며 땅따먹기 삼매경. 너무 덥지도 춥지도 않은 따뜻한 봄볕이 봄놀이에 정말 딱! 신나게 뛰어놀며 공부하다 보니 순식간에 시간이 후르륵.

매일이 오늘 같았으면.

○ ○ ○

조물조물 봄놀이 시간.

바깥에 나가서 떨어진 꽃과 풀로 봄피자(?)를 만들던 중, 네잎클로버를 발견한 꼬꼬마의 환호성으로 갑자기 네잎클로버 열풍!

너무 환상적인 날씨 속에 풀밭을 누비는 그 열정에 두 손 두 발 다 들었다.

땅에 나뭇가지로 그림도 그리고 땅따먹기도 하며 신나게 봄놀이한 날.

5월 3일

항상 밥을 야무지게 먹는 꼬꼬마의 어머니 말씀하시길, 아이가 밥이 맛있어서 두 번 먹고 싶은데 어떻게 하는지 부끄러워서 선생님에게 못 물어보겠다고 했단다.

어머니와 함께 신나게 같이 웃고 난 뒤, 걱정 마시라고 제가 잘 설명해주겠노라 대답.

오늘 급식시간, 꼬꼬마에게 뭘 더 먹고 싶냐 물어보고 같이 반찬 받으러 다녀옴.

밥 잘 먹어 넘 예쁘다!

∘ ∘ ∘

좀 많이 느리지만 항상 성실하게 활동을 꼼꼼히 하는 @@이. 오늘도 젤 마지막으로 완성. 다 한 친구들이 서로 짝지어서 했던 말판 놀이를 할 짝이 없음.

"누구 @@이랑 해줄 사람?"

서로 손 들며 자기가 하겠다고.

급 인기인 된 @@이도 행복. 같이 하는 아이들도 행복. 서로를 아끼는 모습에 나도 행복.

∘ ∘ ∘

매일 인터넷 알림장에 하루 동안 어떤 공부를 했는지, 왜 그렇게 지도했는지, 이게 발달과정상 왜 중요한지, 아이들과 한 놀이에 어떤 의미가 있는지 적는다. 각종 전달사항도 꼼꼼히 적고 필요할 때는 부탁의 말씀도 길게 쓴다. 학교와 가정에서 함께 아이의 성장을 위해 노력해야 하기 때문이다. 가정과 학교에서 공동의 목표를 가지고 아이의 성장과 발달에 관심을 가져야만 이 모든 교육이 제

의미를 갖출 수 있다. 길고도 지리한 길임에도 불구하고 뚜벅뚜벅 걸어가야 할 길. 매일 알림장을 적는 30분 동안 하루의 교실을 복기하고 내일을 준비한다.

이 순간들이 모여 1년이 된다.

5월 4일

너무 정신없는 일과를 해치우느라 핸드폰 들여다볼 시간도 없었다. 급식 먹으며 한 손으로 밀린 각종 메시지와 부재중 전화를 점검하는데 우리 반 점잖은 꼬꼬마 하나가 쓱 지나가면서 하는 말.

"밥 먹을 땐 핸드폰 보면 안 돼요!"

움찔. "어… 그… 그래." 뭐지? 나도 모르게 바른 자세로 앉게 되었다.

∘ ∘ ∘

많은 어려움에도 불구하고 나에게 아직 꼬꼬마들마다 지니고 있는 반짝거림을 찾으려는 눈, 한 명 한 명을 아끼고 애정하는 마음, 힘들어도 감정적으로 아이들을 대하지 않는 인내심이 남아 있음에 조금은 안도하게 되는 밤이다.

그래, 이거면 되지. 아직은 괜찮다. 차근차근 다시 쌓자.

5월 6일

온갖 사건 사고가 난무했으나 침착하게 하나씩 해결한 오늘. 겉으로 평정을 유지하며 아이의 화장실 큰 볼일 실수를 수습하는 걸로 대미를 장식했다. 이런 하루를 예감했는지 아침에 피로회복제 한 병 따 마시고 하루를 시작한 내 자신의 선견지명을 칭찬한다. 약발(?)로 버텼다. 그리고 주말이다!

5월 9일

운동장 놀이를 하고 교실에 들어오는데 꼬꼬마 두 명이 내 양팔에 꺄르륵 웃으며 매달리자 옆에서 걷던 꼬꼬마가 시크하게 한마디 했다.

"야, 너네 선생님이 엄마인 줄 알아? 선생님 딸 되고 싶어?" 그러더니 갑자기 중얼거리는 말투로 "어… 우리 선생님이 좀 좋긴 하지." 하더라.

아. 순간 걷던 스텝 꼬일 정도로 웃겼으나 참고 못 들은 척했다. (급 쑥스러움)

이 학교 4년 차. 오늘 2, 3, 4학년 아이들에게 수북하게 엽서를 받았다. 목소리 한 번 듣기 어렵던 내향적이고 조용한 아이들의 소식이 많았다.

알게 모르게 마음을 쓰게 되었던 그 시간을 너희들도 알고 있었니? 선생님은 언제나 너희의 행복을 바랄 거야.

엽서를 읽으며 마음을 따뜻하게 데웠다. 기쁘다.

5월 18일

하교 후, 교실을 정리하다 보면 작년 꼬꼬마들이 하나둘씩 들러 날 안아주고 가는데, 얼마 전부터는 마법소년이 '출근 도장'을 찍기 시작했다. 한참을 말없이 날 끌어안고 있는 작은 등을 다독이다 보면 이 아이의 마음속 폭풍이 느껴져 나도 모르게 막막하다. 부디 잘 헤쳐나가길…….

5월 23일

엄청 더운 날. 꼬꼬마 하나가 바람막이 겉옷을 지퍼까지 올려

입고 땀을 삐질삐질 흘리길래 "@@아, 겉옷 벗어!" 했다.

"왜요?" 정말 모르겠다는 말간 표정에 나도 모르게 "그냥 일단 벗어봐!"

주섬주섬 벗더니 "와… 시원해……." 이런다.

노는 데 정신이 팔려 더운지 추운지 하나도 모르는 나이, 여덟 살.

° ° °

매번 뭐든 대충 하는 꼬꼬마가 뭔 바람이 불었는지 제법 공들인 작품 제출!

때는 이때다 싶어 폭풍 칭찬에 난리법석 온갖 호들갑을 떨며 안아줌.

쑥스러운 꼬꼬마, 머리통을 긁적이더니 "그냥 이번엔 잘해보고 싶었어요."

갑자기 뭔가 가슴이 찡.

"그랬구나."

진지하게 눈을 맞추고 정말 멋지다고 말해주었다.

° ° °

"(한숨 쉬며) 선생님, 저 어떡하죠."

"왜?"

"마스크 벗는 날이 오는 게 싫어요!"

"아니 왜! 답답하잖아! 벗으면 좋지!"

"저는 마스크 벗으면 안 귀엽단 말이에요!"

(잠시 할 말을 잃음…….)

"무슨 소리야! 선생님이 봤는데 너 마스크 벗으면 백 배 귀여워! 아니 천 배!"

"히히, 진짜요?"

"그럼!"

(이 말이 듣고 싶었던 거였구나…….)

5월 24일

"똘이 똘이 우리 이쁜 똘이. 우리 똘이는 뭘 먹고 이렇게 예쁜가?"

(똘이는 애칭이다.) 아침에 만난 우리 반 꼬꼬마한테 웃으며 인사했더니 "오늘 아침엔 롤케이크 먹었는데요." 막 이런다. (대폭소)

작년 꼬꼬마는 일곱 살 때 자기는 오이가 싫은데 꾹 참고 먹어서 귀여워졌다고 했었는데, 넌 롤케이크구나?

그러고도 또 남은 내 안의 이야기

∘∘∘

　결과적으로 세상은 능력제일주의니까 이렇게 과정을 강조하는 교육이 현실과 동떨어졌다고 빈정거리는 사람들. 여덟 살 꼬꼬마들의 마음 근육을 길러 험난한 세상 속에서 덜 상처받고, 스스로를 아낄 수 있는 마음을 갖게 하려고 제가 지금 애쓰고 있는 거예요. 어린이는 충분히 그런 가치들을 배울 권리가 있어요.

∘∘∘

　자신이 그런 종류의 존중을 못 받고 자란 어린 시절을 겪었다고 왜 지금의 어린이도 존중받을 필요가 없다고 생각할까? 과거의 고통으로부터 배운 것 없이 냉소와 악만 남은 걸까? 적어도 아이들에게는 좀더 나은 미래를 준비할 수 있는 마음밭을 마련해주어야 하지 않나? 그런 생각을 해야 어른이다.

∘∘∘

　세상의 불의와 인간의 잔혹함과 일상의 모멸감에도 불구하고, 있는 힘껏 내 생의 반짝거리는 순간을 기록하고 기억하며 살겠다. 이렇게 빛나는 일상의 순간이 있었음을 되새기며, 나에게 주어진 삶을 살아내겠다.

∘∘∘

　인간으로서의 나는 여러 허물과 단점으로 완벽하지 못할 수 있다. 훌륭한 인격자가 아닐 수 있다. 그러나 적어도 어린이 앞에서는, 좋은 부모, 좋은 선생님, 무엇보다 좋은 어른의 모습을 보이려 노력해야 한다. 그런 척이라도 할 수 있는 것 아닌가. 그 노력이 쌓여서 더 나은 내가 된다.

。。。

변하지 않는 가치들을 굳게 믿으며 아이들을 가르친다.

냉소적인 자아가 없는 건 아니지만, 그런 가치들을 폄하하는 마음으로 아이들을 대하는 건 기만이니까. 죽을힘을 다해 희망을 가지고, 아이들에게 그런 가치들을 소중히 여길 수 있는 배움의 시간을 꾸리려 노력한다.

내가 먼저 믿어야 한다.

。。。

지치지 않기 위해서는 인내심이 필요하다. 내 모든 노력에도 불구하고 아이들의 변화는 가시적이지 않아, 내가 제대로 하고 있는지 의구심을 갖게 만든다. 성공과 실패가 고루 혼재된 경험을 바탕으로 이 길이 옳다 믿고 성실히 걸어가다 보면, 어느새 그 길 끝에 선물처럼 아이들의 성장이 놓여 있다.

◆

° ° °

아이들에게, 열심히 노력하되 결과에 매몰되지 않는 단단한 마음을 만들어주고 싶다. 다양성을 존중하고 사회적 약자를 배려하며 생명을 소중히 여기는 걸 당연하게 생각하는 가치관을 가지게 하고 싶다. 내게 주어진 1년의 시간 동안 최선을 다하면 나머지는 다음 해의 선생님이 애써주시겠지.

한때 어린이였던 우리 모두를 위한
초등 1학년의 반짝반짝 학교 적응기

오늘 학교 어땠어?

초판 1쇄   2022년 7월 15일
초판 3쇄   2023년 5월 8일

지은이   초등샘Z

편집   김화영
마케팅   어쩌면 이 책을 읽은 누군가
디자인   지완
일러스트   이안(인스타그램 @illustian5)

펴낸이   김화영
펴낸곳   책나물
등록   제2021-000026호(2021년 3월 8일)
이메일   booknamul@daum.net
블로그   blog.naver.com/booknamul
인스타그램   @booknamul

ISBN   979-11-92441-00-9 03810